全民微阅读系列

雪花那个飘

李德霞　著

江西高校出版社

图书在版编目(CIP)数据

雪花那个飘/李德霞著. —南昌:江西高校出版社,
2019.1(2024.9重印)
(全民微阅读系列)
ISBN 978-7-5493-7753-4

Ⅰ.①雪… Ⅱ.①李… Ⅲ.①小小说—小说集—中国—当代 Ⅳ.①I247.82

中国版本图书馆CIP数据核字(2018)第226517号

出版发行	江西高校出版社
社　　址	江西省南昌市洪都北大道96号
总编室电话	(0791)88504319
销售电话	(0791)88522516
网　　址	www.juacp.com
印　　刷	北京一鑫印务有限责任公司
经　　销	全国新华书店
开　　本	700mm×1000mm　1/16
印　　张	14
字　　数	180千字
版　　次	2019年1月第1版
	2024年9月第2次印刷
书　　号	ISBN 978-7-5493-7753-4
定　　价	58.00元

赣版权登字-07-2018-1123

目录 CONTENTS

雪花那个飘

一大早，天空就飘起了米粒样的雪花。

今天是腊月二十八，也是娘做年糕的日子。

这天，我是不会出门玩的，尽管二唤趴在我家大门口喊我几次了，可我就是不挪窝。我爱吃现炸出锅的年糕，金灿灿的，皮子脆脆的，咬一口，“咔嚓咔嚓”地响，那个香啊！我不出门的另一个原因，是我得看住娘，防止她给干姥姥送年糕。

干姥姥是个要饭的，常年在我们这一带乞讨。一只豁了边的碗，一根磨得乌黑油亮的打狗棍，晃晃悠悠地来，晃晃悠悠地去。今年冬天的雪大，天气又冷，干姥姥干脆就住在我们村后面的破庙里。娘啥时认她做的干娘，我不知道。但我知道，娘时常偷偷摸摸地给干姥姥送吃的，一块饼、一个窝头都送。

昨天晚上，娘从房里端回了一盆糕面，我就知道，娘又要做年糕了。我悄悄地对爹说：“爹，你信不信，我娘一准会给干姥姥送年糕的。”爹不吭声，一口接一口地抽旱烟。我又说：“凭啥给她送？又不是我亲姥姥……爹你得拦着她。”爹“嘿嘿”一笑，拿烟袋锅轻轻地敲一下我的头说：“你都六岁了，要拦，你自己拦。”

爹是村里的支书，忙，一大早就顶着雪花出门了。我记得，爹临出门时，意味深长地冲我一笑。我当然知道，爹这一笑是啥意思。

第一锅年糕炸出来，我迫不及待地往碗里装了一个，狼吞虎咽地吃起来。三个年糕下肚，我就打起了响亮的饱嗝。这时，炸完年糕的娘对我说：“年糕也吃了，还不出去找二唤玩？”

娘的心思我知道。我抹抹嘴说：“才不呢。我爹说了，让我看着你，不让你给干姥姥送年糕……”

“你爹真这么说的？我咋没听到？”

“那是你耳背。”

娘懒得理我，往碗里装了好几个年糕，拿笼布包了，提着要出门。我抢先一步，拦在门口。我说：“不准你给干姥姥送年糕！”

“大人的事，要你小孩子管？一边去！”

我想，我是拦不住娘了。我眨巴眨巴眼说：“那你……给我五分钱，买糖吃。”

娘没难为我，爽快地给了我五分钱。我拿着钱要走，看见娘跟在我后面。我大人似的说：“娘啊，走大路你就不怕被爹撞见？”

娘咯咯一笑，转身从后门走了。

大朵大朵的雪花，还在不紧不慢地飘……

等我买糖回来，送年糕的娘也回来了。看娘一脸失落的样子，我就知道，娘没把年糕送出去。

进了院，娘正要开门，爹闪身从屋里出来，门神似的堵在门口。爹看着娘，笑一下，再笑一下。娘说：“老四你笑啥？我不就是给干娘送了几个年糕吗？”

“你呢？”爹问我，吓得我“哧溜”一下把一颗糖吞进肚里。

"年糕送出去啦?"爹盯着娘,仍在笑。

娘突然变了脸:"明知没送出去,你还问? 老四,我问你,干娘是你撵走的吧? 她住破庙里,碍你啥事了?"

爹说:"我是支书,村里的事儿就归我管,大事小事,我都管。"

"不就个破支书吗? 管得太宽了……大过年的,你到底把她撵哪里去啦?"

爹还在笑,转身一把推开了屋门。

娘抻脖子一看,张开的嘴像洞开的门,眼泪紧跟着就淌下来。

屋里,暖烘烘的炕头上,坐着笑眯眯的干姥姥……

雪花那个飘……

修　　路

通往梨树湾的山路坑坑洼洼,糟烂得不成样子。司机们谁都不肯把车开进村里。每年的秋天,漫山遍野黄澄澄的大鸭梨不是烂在筐里,就是烂在树下。村民们痛心疾首,怨声载道。

村民会上,新当选的村主任大手一挥,一锤定音,修路!

短短几天,吃尽苦头的村民们就自发捐款四万元,一齐交到村主任手里。有人提议,靠人不如靠己。这笔钱,怎么着也够修一条可以通车的路。村主任不这么想,斩钉截铁地说,要么不修,要修，咱就一步到位。又有人说，修一条像样的路，四万块怕有困难啊。村主任说，办法总比困难多。

不是说有困难找政府吗？这会儿，梨树湾的村主任就坐在乡长的办公室里。听完村主任的介绍，乡长眉飞色舞地说，好好好！惠民工程嘛，乡里理应支持。这样吧，明天我就带人去考察考察，然后再做决定。

第二天，乡长带领一干人如约而至，路头路尾考察了个遍。眼见日过正午，村主任犯起了嘀咕，该不该请人家吃顿饭呢？如果让人家饿着肚子回去，以后的事怕不好办哩。于是，村主任一咬牙，把乡长一干人请进了刚刚开业的农家乐。

酒足饭饱，村主任送乡长上了车。乡长回头叮嘱村主任，过几天，我再请几位修路专家来勘测勘测。修路是件大事，不得马虎，不可草率！

几天后，乡长果然带着几位专家来勘测了。勘测完毕，因为有了上次的先例，村主任不敢怠慢，恭恭敬敬地把乡长和几位专家让进农家乐。

时间如山风溜溜快，转眼，几个月过去了。乡长今天带人来论证，明天领人来调研，村主任像磨道里的驴，团团转。只是，修路的事八字还没见一撇。

秋风儿一吹，眼见树上的梨由青转黄，再过个把月，又到收梨的季节了。村主任心里急，找到乡长说，乡长，修路的事，几时能开工啊？乡长不高兴了，喷着唾沫星子说，咋啥事都来找政府啊？你们手里不是有村民捐的四万块钱吗？用于前期工程应该绰绰有余的嘛。乡里的款……嗯，不会拖你们后腿的。

修路队伍开进村子那天，梨树湾热闹得像过节。铲土机轰轰地响，压道机轰轰地鸣。大人小孩奔走相告，修路哟！要修路哟！

可是，令人欢喜的日子没过多久，村子里倏地安静下来，既听不到机器的轰鸣，也听不到号子的吆喝。原来钱没到位，刚修了大半的路被迫停了工。

这时，传来一个令人振奋的消息，乡里的款下来了！

村主任马不停蹄地来到乡政府，见到了乡长。乡长端坐在宽大的办公桌后，一脸严肃地说，尽管乡里的财政十分困难，但我们还是七挤八挤，挤出了两万块。钱嘛，不是很多，但代表着我们政府对你们修路的态度嘛！

村主任带着那两万块钱心急火燎地往回赶，双脚刚踏进村边，就被农家乐的老板胡真堵在了村口。胡真可怜巴巴地说，主任，欠俺饭店的钱……该结了吧？俺也是刚开业，小本生意，担待不起呀。

村主任说，结，结，应该结。你合计过了吗？一共多少钱？

胡真忙说，免去零头，正好两万五。

村主任吓了一跳，狠狠地瞪了胡真一眼，啥？两万五？胡真，你小子没胡整吧？

胡真带着哭腔说，主任，你就是借我一个胆我也不敢呀。每回乡长领人来吃饭，不都是你亲手签的字吗？要不，咱到饭店去对对账。

也好。说罢，村主任一挺一挺地往前走。

一页页对过，一笔笔算过。不错，是两万五。

村主任傻了眼。他知道，就算把口袋里的钱全给了胡真，还差人家五千块哩。没了钱，那条路还怎么修？村主任那个悔呀，恨不得抽自个几个大嘴巴。

修桥

破荒村的石桥由于年久失修，在一场急风暴雨中垮塌了。村里没有了桥，就像人失去了双腿。下田干活，外出办事，村里人都要绕好几里的山路，很是不便。于是，修一座新桥成了村里的头等大事。

修桥要用钱，钱从哪里来？村是穷村。村主任挨家挨户登门去讨，讨空了村子，也只讨来一万块钱。村主任算过，修一座像样的桥，少说也得两万块钱，剩下的一万块上哪儿去讨呢？

村主任骑着那辆轰轰作响的破摩托，跑了乡里跑县里，跑完县里跑乡里，钱没跑回一分，却跑出满嘴的水泡。

这天一早，村主任去井边挑水，看见两个小孩在用竹筛子罩鸟，方法简单，却很奏效。往回走的路上，村主任突然灵光一闪，有了主意。他匆匆地回家，顾不上把水倒进缸里，忙对媳妇说，快把那一万块钱给俺取出来，俺有急用。媳妇不解地说，不是还差一万块吗？等凑齐了再拿也不迟。村主任跟媳妇如此这般一说，媳妇吓了一跳，神色慌张地说，那可不成。弄不好，你这个村主任怕也当不成了。村主任嘿嘿一笑说，只要能把桥建起来，俺这个村主任不当也罢。媳妇说,就不能再想别的办法吗?村主任说,该想的都想了,只有这一招了。你快去隔壁把会计小满喊来,这事没他可不成。

两人紧赶慢赶,等来到乡政府,已是中午时分。乡政府的人都已下班,偌大个院子显得空空荡荡。村主任和会计一屁股坐在门口的荫凉地里,村主任说,等吧。会计揉揉走酸了的脚脖子,也说等吧。

好不容易等到下午三点,乡长在一帮人的簇拥下从对面的酒店出来。一见村主任,乡长满脸的不快,说,怎么又是你?不是对你说了吗?乡里财政困难,怎么帮你修桥?回吧,回吧。村主任赔着笑说,就回,就回。俺们刚从县长那边回来,路过乡政府,想跟乡长打个招呼。乡长一愣,哦?进来坐坐。

乡长落座,示意村主任和会计坐到对面的沙发上。村主任突然想起什么,对会计小满说,哎呀,上午咱从县长那里拿钱的时候,我记得你好像没有清点,是吧?快,拿出来点点,可别弄错了啊。

会计点点头,忙从包里取出一沓钱,当着乡长的面,一张一张地仔细地数起来。

乡长"噌"地从椅子上站起来,疑惑地说,怎么?县长给你们批钱了?村主任笑眉笑眼地说,县长给俺们批了一万呢。乡长抬手捏着下巴颏,捏了几下,两手往外一摊说,既然连县长都给钱了,咱乡里也不能落后,这是关系到民生的大事嘛。这样吧,我也给你批一万吧。说着,乡长从抽屉里取出纸和笔,唰唰地写下几行字,用手往前一推道,拿着到财务室去领钱。

村主任忙从沙发上站起身说，俺代表破荒村全体村民谢谢乡长！他回头对会计小满说，还不快去领钱！会计屁颠屁颠地去，又屁颠屁颠地回。两人把钱装好，鬼撵似的离开乡长办公室。

乡长燃上一根烟，想起什么，伸手抓起电话，猛然发现对面的沙发上留有一张纸，显然是刚走的村主任落下的。乡长放下电话，几步过去，拿起那张纸一看，呆了。原来，那是村主任故意留给他的一封信——

乡长，对不住！俺还没见县长，那一万块钱也不是县长给的，是俺从村民们腰包里讨来的。俺这么做也是没有办法。俺是党员，知道这么做违反了党的纪律，会受到处罚的。请乡长高抬贵手，给俺三个月的时间，等俺把桥修好了，再处罚俺，俺甘心接受处罚……

乡长把信揉成一团，狠狠地掷向墙角。他回到办公桌前，一把抓起电话。许久，他没有拨出一个数，而是重重地挂了话筒。

这事你不懂

我和妻子在繁华的路段开一家时装店，生意火爆。短短几年时间，先后买了车，买了房。如今，我们也算是半个城里人了。

那天，来送儿子小军进城念高中的嫂子走进我们的店里。嫂子是来向我们借钱的，不多，就借 100 块钱。原来，学校有规定，学生必须统一着装。嫂子从家里走时带的钱除了交这费交那费的，就不够交小军的校服钱了。回家去取不方便，来回一趟五六十里路呢，再说，时间也不允许。于是，嫂子就想起了在城里做生意的我们。明白嫂子的来意后，我正要给嫂子拿钱，妻子的一个眼神制止了我。妻子对嫂子说：嫂子，很不凑巧，店里的钱刚刚进了货。不过，你别急，我熟人多，这点钱还是难不住我的，我去隔壁店里给你借 100 块钱就是。说完，妻子果真到隔壁店里借来 100 块钱交给了嫂子。嫂子很感动，边往外走边说：妹子，谢谢你了，过几天我就给你送来。

嫂子走了，我不解地对妻子说：咱明明有钱，你为啥还要到隔壁去借呢？妻子诡异地吐一下舌头说：这事你不懂。她见咱是向别人给她借的钱，她会惦记着还的，借咱的可就不一样！

自从嫂子借钱之后，妻子有事没事就在我耳边嘀咕：她咋还不来还钱呢？她该不会忘了吧？我说：嫂子又不是外人，不就是 100 块钱吗？不还就不还呗，至于这样吗？妻子火了，杏眼一瞪：你懂个屁！100 块不是钱吗？咱得卖几套衣服才能赚回来啊！

半个月后的一天，嫂子给小军送完伙食费后来到我们的店里，把那 100 块钱还给了妻子。谁知，妻子柳眉一挑，把钱塞回嫂子的手里说：嫂子，钱我已经还给人家了，不就是 100 块钱吗？你这样做见外了不是？嫂子说，借你们的钱我咋能不还呢？妹子，你一定得收下！嫂子说着把钱又要往妻子手里塞。妻子一把攥住嫂子的手往嫂子怀里推，一个要给，一个不接，两人拉锯似的推来推去。嫂子急了，脸憋成了大红布，向一旁的我投来求救的目光。我想，我不能当哑巴了，便对妻子说，既然嫂子一定要还，你就收下吧，别让嫂子为难了。妻子一脸的恼怒，剜我一眼说，没良心的家伙，谁叫你多嘴？嫂子窝在山沟里，一年也赚不了几个钱，孩子又多，还要供小军进城上学，这钱咱能要吗？我又站在妻子的立场上，劝嫂子，嫂子，你就别还了，就当是我们给小军买了套校服。

嫂子没辙了，不再坚持，低着头往店门口走。就在跨出店门的一刹那，嫂子把那100块钱往柜台上一扔，逃也似的冲出店门。因为慌张，我分明看见嫂子差点跑丢了一只鞋。

看着嫂子狼狈而逃的背影，我不解地看着妻子说，嫂子不还钱吧，你天天在我耳边嘀咕。人家来还钱了，你却推来推去，让人家下不了台。真是搞不懂你。妻子狡黠地笑着说，这事你不懂，我这样做既不失人情，又断了她日后向咱借钱的路，你说呢？

我哑口无言。

先进经验

碾子坝村植树造林走在了全县的前头。主编要我去一趟碾子坝，采访村主任，把他们的先进经验总结出来，发表在县报上，便于在全县推广。

我想，这是正面报道啊，村主任还不得乐晕了头，给我讲得唾沫星子乱飞？

然而，等我搭班车去了碾子坝，见到村主任时，却远不是我想象的那样。村主任显得很不友好，冷着一张脸说：“没啥可说的，没啥可说的。”

接下来，村主任该干啥干啥，好像压根儿就没我这个人似的。

离开村主任家，我失望地走在街头。尽管我没有采访成功，但还是被碾子坝满眼的树木深深地感动着。

前面的墙根儿下，蹲一个老头，眯着眼晒太阳。我心想，植树造林是件大事，不可能掖着藏着。村主任不告诉我，我问老头，不是一样吗？

我走过去，掏出香烟，先给老头敬上一支说：“大爷，你们村栽了这么多的树，空气清新，像个绿色屏障，多好啊。”老头接了烟，放在鼻子下闻了闻说：“树多了好，多了好。”我说：“你能告诉我，你们村这么多树，是怎么栽出来的？”老头警觉地看着我：“你问这干啥？”我赶忙说：“我是报社的，想把你们村植树造林的先进经验发表在县报上，让全县人民都向你们学习呢。”老头眨巴眨巴眼，诡秘地一笑：“这事啊，你还是去问村主任吧。”说完，老头站起身，顺着墙根儿走了。

看来，今天的采访任务是完不成了。我掂掂挎包，决定到村口去搭进城的班车，打道回府。

村口一户人家的大门两侧贴着鲜红的对联，喜气洋洋。吸引我的，不是那副对联，而是门口的那一对新人。女的一身红衣，蹲在地上不肯起来。男的左手提着一小捆树苗，右手拎着两把铁锹，看样子是要去栽树的。

我一下子来了兴致，悄悄地走过去，只听那女的说：“你们村是啥破规矩啊，结婚要栽八棵树，离婚要栽十棵树，连升学也要栽六棵树……早知道这样，我才不嫁进你们村呢。”男的说：“多年的老规矩了，咱能破？不就栽几棵树吗？至于你这样？再说，栽树有啥不好？你看咱村，蓝天绿水的，多好。嘿嘿，你就委屈一下吧。”

看着那一对新人走远，我突然明白了，这就是碾子坝植树造林的先进经验啊。

我不等班车了，折身返回到村主任家里。

村主任一见是我，很不高兴的样子说：“你咋又回来了？”

我说：“我知道你们村植树造林的先进经验是什么了。”

村主任一愣：“哦？那你说说看。”

我如数家珍地说：“凡是你们村的人，结婚要栽八棵树，离婚要栽十棵树，连升学也要栽六棵树……”

村主任的脸一板，纠正道：“错了。升学不是栽六棵，是十六棵。那是栋梁之材哩，栽得少了能行吗？”

小意的饭碗

小意在一家家电维修部当学徒。

一天，一客户家里的电视没图像了，师傅就让小意上门去修。电视机的毛病不大，很快就修好了。小意收了钱，拎着工具袋刚走出客户的门，师傅就打来电话问，电视机修好了吗？小意说，修好了，我正要往回赶呢。师傅又问，你收钱了没有？小意说，我不收钱是傻子。师傅却说，你就是傻子！你赶紧把钱退给人家，听到没有？小意越想越不对劲，我只收了换零件的钱和手工费，并没多收客户一分钱啊。可是师傅的话他不敢不听，小意就乖乖把钱退给了客户。

事后，小意才知道，那客户是税务局的一个头头。

很快就进入了盛夏，白天气温高达四十度左右，热得狗都缩不回舌头，家电也接连出故障。师傅的维修部生意火爆，个个忙得脚不沾地。

这天一早，师傅跨着电动车等在店门外，冲着店里的小意说，你过来。小意屁颠屁颠跑到师傅跟前。师傅说，我到对面小区的五楼中单元去修冰箱，东单元一楼有个老太太家的空调要加氟，你跟我走一趟吧。

因为有了上次的经验，小意在跨上师傅电动车前陪着小心问，要不要收钱啊？师傅瞪他一眼，不收钱老子喝西北风啊？老规矩，加一次氟一百块！

很快就到了小区，师傅去了中单元，小意敲开了东单元一楼老太太家的屋门。因为空调不制冷了，老太太屋里热得像蒸笼。看见小意进来，老太太忙前忙后，取水果，拿饮料，感动得小意差点掉下眼泪来。给空调加上氟，重新启动，空调开始运转。很快，一丝丝凉风在屋里回旋。老太太笑眯了眼。

小意照师傅说的数目收了钱，提起工具袋就要走，老太太叫住了他。老太太说，小伙子，我家这台破空调年年要加氟，你帮大妈再看看，到底啥毛病？小意想都没想说，好，我这就上去看看。小意踩着板凳站上去，仔细一看，找出了毛病。原来，是连接外机铜管上的那个螺丝松了。小意取出扳手，三下两下拧紧了那个螺丝。小意跳下来对老太太说，这下好了，我保证三年不用加氟。

老太太千恩万谢，在小意出门时，不由分说把两瓶饮料塞进小意的工具袋里。

小意来到外面，一抬头，看见师傅骑着电动车正从对面过来。师傅停下车，两脚点着地对小意说，加完了？

小意点点头，一脸得意地说，师傅，老太太的空调漏氟，我还帮她弄好了，保管她再不用花冤枉钱了。嘿嘿，就几扳手的事儿。

师傅的脸一下子挂了霜。就你能？蠢货！师傅狠狠瞪了小意一眼，也不带他了，一摁开关，"哧溜"一声朝小区门口蹿去。

小意傻子似的愣在那里，心里一个劲儿地问自己，我又做错了吗？我咋这么倒霉？

倒霉的事儿还在后头。

小意一头大汗回到维修部，还没来得及喝口水，就见师傅提着他的铺盖卷儿，扔垃圾似的朝他面前一丢说，你小子端不了这碗饭，趁早滚蛋吧！

一次性了断

二赶是个煤老板，别的不说，光拉煤车就有二十辆。二赶的煤大部分卖给了老家山里的发电厂，钱多得拿麻袋装。

车多，出车祸也是常有的事。二赶不止一次地对手下二十个司机说，一旦出了车祸，看情况而定。对那些伤得很重的人，不能手软，干脆来个一次性了断。对此，二十个司机心照不宣，心领神会。

这天，二赶刚到办公室，手机便急促地响起来，是一个司机打来的，司机说，二哥，我在你家附近的水库边撞了一个老头，咋办？二赶用“行话”问，伤起伤不起？司机说，两条腿好像都断了，估计得落个残废，伤不起的。二赶又说，周围有人吗？司机说，现在还没有。哦，有几个人正朝这边跑过来。二赶吼，蠢猪！你还不赶快把车倒回去！

挂了电话，二赶从保险柜里取出三十万，正要出门，手机再次响起来。司机带着哭腔说，二哥，我照你说的办了，可办砸了呀！二赶一愣，大吼，老子就不信，一个棺材瓤子，三十万还搞不定！司机哭着说，不是这回事啊，二哥，那老头……他是你爹……

辞　工

药店老板和老婆正在盘点一天的收入，卷帘门"哗啦啦"地被人拍响。老板忙把桌子上的钱拢进抽屉，扭着脸问："谁呀？"外面传来一个女人的声音："是我，小米。"老板说："有事吗？"小米说："有。"

老板打开半边卷帘，让小米进来。小米说："中午，你和老板娘去库房卸货，我把卖板蓝根的二十块钱装兜里了。本来是要交给你的，可后来店里人多，我就把这事给忘了，回家换衣服时才发现的。老板，对不住啊。"说着，小米把二十块钱放在桌子上。

老板并没有显出高兴的样子，而是上一眼下一眼地看小米，眼神怪怪的，看得小米心里直发毛。

"钱已送来，我该回去了。"小米要走。

"等等。"老板面无表情地说，"有个不好的消息我要告诉你，明天，你就别来上班了……"

小米一惊："为啥？我可不是故意拿钱的，天地良心呢。再说，我才干了一天呀。"

老板说："我的药店忙时雇人，闲时辞工，你是知道的。"

小米没话说了，带着一肚子的不解走出药店。

憋了半天的老板娘忍不住了，瞪着老板说："这么老实的女人你辞她,你脑子有病啊!”

老板嘿嘿一笑说:“怪就怪她太老实! 留着她,药店早晚得关门,你懂吗?”

道 高 一 丈

元青和媳妇正在捡鸡蛋,“哗”,停电了。鸡场里霎时一片漆黑。

元青摸黑跑出去,见马路上的路灯亮着,再看看左邻右舍,全都亮堂堂的。元青纳闷了,不对呀,咋回事? 一抬头,看见村里的电工二崔向这边走来,元青赶忙迎上去说,二崔,我的鸡场咋停电啦?

二崔站下,面孔朝着天说,是我拉闸断的电。

元青急了,为啥断我的电? 我没欠过电费吧?

二崔说,供电所长打来电话,说电压不够,让我拉闸限电。咋? 你有意见?

元青说,断谁家的电,也不能断鸡场的电呀! 我的鸡要照明,要吃食,要饮水……

二崔大手一摆说,你的鸡要这要那,关我屁事! 全村就数你的养鸡场用电量最大,不断你家的断谁的? 你让我一家一户去断电吗?

元青不明白，眼下既不抗旱，也不排涝，好端端的，供电所长这是限的哪门子电？又一想，元青一拍脑门，心里暗自叫苦，坏了，自家的养鸡场办起来快一年了，从没送过二崔一颗蛋或者一只鸡，二崔这货能不给他使绊子吗？

元青赔着笑说，二崔，有话好说，你看能不能先把电给送上？

有本事你找所长说去！撂下这话，二崔背着手，牛气哄哄地朝前走去。

元青也是驴脾气，腾地火了，冲着二崔的背影大声说，你以为我不敢？我今天还问定他啦！

二崔一愣，站下。

元青扭脸冲着鸡场里的媳妇喊，月月，把我手机送过来，我给咱三表舅打个电话问问！

一阵细碎的脚步声响过，媳妇月月举着手机跑过来。

二崔折转回来，歪着脖子说，元青，你说啥？谁是你三表舅？

元青从月月手里接过手机，一边按着号码，一边冲二崔摆摆手说，不关你的事，你走吧。电是他所长让断的，我倒要问问，他所长算个鸟，凭啥断老子的电？

听听，这口气大得吞头牛！二崔不敢走了，往前挪动几步，斜眼瞅着元青拨完号码，底气十足地把手机举到耳边。二崔慌了神，一把拉住元青的手说，别打，别打！我这就给你送电去！

看着二崔屁颠屁颠走远的背影，月月不解地说，元青，谁是你三表舅啊，我咋不知道？

元青呵呵地笑着说，你以为所长真的让他断电了？傻！他能诓我，我为啥不能诓他？这就叫魔高一尺，道高一丈……

"哗"，来电了，鸡场一片透亮。

驴　　案

村主任榆树正在擦犁铧，院门“吱扭”一声，乔四跑进来，慌慌张张地说：“主任，不好了，俺家的驴也被人偷走了！”榆树“哦”一声，直起腰，看着乔四说：“几时被偷的？”乔四“咕咚”地咽下一口唾沫，喘口气说：“昨晚，咱俩喝完酒，俺到家时，驴还好好地拴在驴圈里。早晨起来，俺正要去牵驴犁地，却不见了驴，村里村外找了个遍，也没找到。”榆树说：“五天丢了三头驴，这还了得！你向派出所报案了没有？”乔四说：“还没顾上。”榆树说：“你先跟你小舅子打个招呼，顺便把大奎和九春丢驴的事也给抖出来，然后再向派出所报案。记住了，只有这样，你的驴兴许才能找到哩。”

乔四答应着扭身走出院门。

榆树回到屋里，对蹲在堂屋地上抽烟的大奎和九春说：“乔四那头驴，你俩可藏好了？”大奎说：“藏好了，藏在一个隐蔽的山洞里，谁也不会发现。”九春说：“俺还给驴割了一大捆青草，放了一桶山泉水。驴饿不着，渴不坏，保准没事儿。”榆树说：“这就好。你们放心，最迟不过后天，这个驴案就会告破。不过，估摸驴是牵不回来了，你们只能拿到赔偿的驴款。”大奎和九春说：“一样一样，有钱咱还愁买不到驴吗？”

大奎和九春丢驴是五天前的事。两个人到派出所报过案，可派出所立案后，一直没见动静。再去问，派出所的人说，偷电缆的案件还没破，哪顾得上破你们的驴案？见俩人不走，派出所的人又说，是电缆重要，还是你们的驴重要啊？饭得一口一口地吃，案子得一个一个地破。对吧？

其实，这件事说起来，村里人都心知肚明，偷大奎和九春驴的人是后村的胡二刀。胡二刀在镇上开了个杀铺，杀驴、杀马、杀猪，逮啥杀啥，有时开着车转出去收购，顺手牵羊的事他也干过不少。派出所不管这事，也是有原因的，因为胡二刀的姐夫正是派出所的刘大所长。

大奎和九春咽不下这口气，也曾到镇上胡二刀的杀铺去转悠过。可是转悠归转悠，人家摆在肉案上的驴肉也没写字，谁敢肯定那驴肉就是出在他们的驴身上呢？苦于没凭没据，两人只得悻悻而归。

悻悻而归的大奎和九春就来找榆树商量，榆树也是一筹莫展。

昨天上午，榆树扛着犁往南山走。刚出村口，正巧碰上了同样去犁地的乔四。看见乔四牵的那头大青驴，榆树心里骤然亮起了一盏灯。

犁了几犁地，榆树赶紧卸驴回家，顺道喊来大奎和九春。榆树笑眯眯地问："你俩想不想找到驴啊？"俩人齐声说："咋不想？做梦都想哩！没驴，这地咋弄呀？"榆树说："今晚，我请乔四过来喝酒，多灌他几盅。你俩想方设法把他的大青驴牵出来藏好。"大奎和九春一愣："为啥牵乔四的驴？"榆树笑着说："你俩忘了，乔四的小舅子是干啥的？"不光他们知道，连村里懂点事的孩子都知道，乔四的小舅子是县公安局新上任的大局长哦。大奎挠挠头说：“主任，这可是犯法的事啊。”九春也说：“牵乔四的驴，这不是老虎嘴里拔牙吗？弄不好真要蹲大牢。”榆树嘿嘿地笑着说：“瞧你俩那点出息，我让你们把他的驴牵出来藏好，又没说不还他的。等派出所把你们的驴案破了，你们立马把驴放出来，明白吗？”大奎说：“主任的这个办法好！”九春也说：“只要能把驴找回来，俺们听主任的……”

榆树说得一点也不假。果然，第二天下午，一辆警车呼啸着驶进村里。

驴案告破。派出所刘所长亲自来送赔偿的驴款。送过大奎，送过九春，榆树陪着刘所长走进乔四的院子里。院里的一幕，让刘所长呆住了。乔四的大青驴好端端地拴在树杆上，又是打响鼻，又是晃耳朵，乔四正用刷子一下一下地给大青驴刷毛呢！

看见刘所长和榆树，乔四笑眯眯地说：“真走运，俺家的驴没丢，狗日的自个儿跑回来了！嘿嘿！”

刘所长的脸拉得比驴脸还长。“胡闹！”刘所长怒冲冲喝一声，转身疾步向停在院门口的警车走去。

一旁的榆树偷偷地直乐。

爹欠老四一斗米

谷子黄了的时候，村里的老四死了。爹一下子傻了眼。

开春，我家的口粮接不上，爹就向老四借了一斗米。当时说好了的，等我家自留地收了谷子，碾成米，就还给老四。可是，谷子还长在谷穗上，眼瞅着由青变黄，老四却死了。爹不知道，他欠老四的一斗米该怎么还。

那些日子，爹拧着眉头，出出进进就是那几句话：老四他咋就走了呢？他咋就一声不吭地走了呢？我欠他的一斗米怎么还啊？

邻居三秋说，许是老四上辈子欠过你一斗米，这辈子来还你的。

爹说，瞎扯。谁知道上辈子咱是驴还是马？

三秋说，人死债清，你就别跟自个儿过不去了。

爹摇摇头说，人死债不死。我欠老四一斗米，那是钉在石板上的事，咋能说清就清了？

三秋讪笑，那你……看着还吧。

爹说，我一定得还！

爹又说，老四他明明小我两岁，他咋就走在了我的前头呢？

爹还说，早知这样，我就是饿死，也不该借老四那一斗米……

老四是光棍儿汉，无亲无故。人死了，丧事就得由村里来办。

村支书喊来几个壮劳力，先在南山坡上挖个坑，然后抬着那口白茬棺材悄没声息地出了村。我们这里有讲究，给死人下葬是见不得阳光的。

棺材被轻轻地放进墓坑。村支书一摆手，七八张铁锹一齐舞动起来，一时尘土飞扬。

这时，天刚刚放亮。

山道上跑来一个人，边跑边喊，等一等！那人正是爹。

众人停下，回头看时，爹已跌跌撞撞跑过来，背上背一只打着补丁的布口袋，手里握着一沓火纸。

村支书说，老海哥，难得你来送老四上路，这份情……不易呀！

爹把布口袋搁在脚边，跪在老四的墓坑边，点了手里那一沓火纸，扭转脸对村支书说，支书，我欠老四一斗米，说好秋后还的。谷子还没收下，刮空了屋里的米缸，只刮出一斗红高粱。俺得给老四还上，活人不能赖死人的账！

说完，爹抓起布口袋，顺着坑道溜下去。爹双手刨开浮土，把那一斗红高粱端端正正地摆放在老四的棺材上。

村支书下了墓坑，不由分说地把爹推出坑外，同时被推出坑外的，还有那一斗红高粱。

那时候，粮食金贵。一斗红高粱，够我们家吃上十几顿呢。

村支书虎着脸说，人死如灯灭。别说一斗红高粱，就是一屉笼大白馍，老四他也吃不到一口。老海哥，你狗日的糟蹋粮食哩！老四他在天有灵，会骂你八辈祖宗！

爹涕泪长流，可我……欠老四一斗米呀！

村支书爬出墓坑，拍拍手上的土说，有心拜佛，还愁抱不到佛脚？老海哥，你总有见老四那一天吧？到时候，你带上一斗米还给他，不就成了？

村支书把玩笑说得跟真话似的，爹背起那一斗红高粱，木木地下山。

几年后，还不到六十岁的爹病倒在床，吃啥吐啥。爹得的是要命的病。

爹时而清醒，时而迷糊。

弥留之际，趁着清醒的时候，爹对守在身边的娘说，去，装一斗米来。米……要好，斗……要满。

娘知道爹的心事，含泪装来一斗米，放在爹的床头。

爹伸出两只干瘦的大手，紧紧攥着白布袋口，吃力地说，扶上我肩……老四……我还米来了……

说罢，爹安详地离去。

没 事 找 事

集市上，买东西的，卖东西的，人来人往，热闹得很。

瘦老头把毛驴拴在路边的槐树上，从车上卸下两篓红艳艳的西红柿，还没摆好，就听有人喊："谁的驴？谁的毛驴？"

"我的驴，咋啦？"

瘦老头抬起头，就见一个遛狗的抱着吱吱叫的狗蹿过来。遛狗的说："你的驴踢了我的狗，我要带我的狗上医院查查去。老头儿你知道不？我这狗可是条名犬，抵你两头毛驴的钱，不吓你。"

自个的驴踢了人家的狗，不占理，查就查呗。瘦老头摸遍口袋，只摸出十块钱："我还没开张，兜里就这点钱，你先拿着。"

"我呸！这点钱还不够挂个号哩。"遛狗的嘴一撇。

瘦老头说："要不，你先等等。等我把西红柿卖了，卖多卖少都归你。"

"等个屁！老子叫你卖！"遛狗的抬腿一脚，咣，踢翻瘦老头的一只篓，转身要牵驴。

牵走驴可不是闹着玩的。瘦老头也不顾满地的西红柿了，拦驴去。

一个要牵，一个不让，乱哄哄的一团。

这时，一辆警车开过来，从车上下来两个人，一个警察，一个司机。警察问："吵什么，你俩？"遛狗的嘴快，说："老头的毛驴踢了我的狗，他不给我钱，我就牵他的驴！"瘦老头一脸苦相说："他还踢翻我一篓西红柿……"

警察看看拴在树上的驴，又看看滚了一地的西红柿。警察说："老头，你过来。"瘦老头过来。警察说："你把地上破了的西红柿捡起来，上秤称称。"瘦老头照办，如实报上数来："警察同志，五斤四两，高高的。"警察问："你的西红柿啥价？"瘦老头说："别人卖两块二，我卖两块。"

"二四得八，二五一十，十块八毛钱。零头免了，遛狗的你付老头十块钱！”警察命令说。

遛狗的不干：“凭啥？他还没给我钱呢！”

警察说：“醋归醋，盐归盐，一码归一码。老头的西红柿是你踢翻的，这个钱你不掏，谁掏？”

遛狗的不情愿地掏出十块钱，扔在瘦老头的西红柿篓里。

警察拍拍手，转脸对遛狗的说：“你把你的狗放地下，让我瞧瞧。”

狗下了地，先伸个腰，再抖抖毛，然后对着太阳打了个大大的哈欠，刚睡醒的样子。惹得围观的人哈哈地笑。

警察说：“老头的驴好端端地拴在树上，遛狗的你咋遛到人家驴蹄子底下啦？”有人哧哧地笑。警察说：“还好，没踢坏。这要是真的踢坏了、踢死了，你怨谁？”

遛狗的张张嘴，说不出话来。

“没事找事！”警察撂下这话，背着手上了警车。

“老头儿是你爹？”遛狗的不服，翻着白眼说，“啥狗屁警察啊？我找你们局长说理去！”

一旁的司机“扑哧”一声笑了，对遛狗的说：“要找你现在找，他就是我们局长……”

大炮和村主任

那个午后，大炮正在“呼哧呼哧”地磨镰刀，院外突然传来狗的惨叫声。大炮扭脸一看，就见自家的大黄狗瘸着一条腿跑进院里，惊慌失措地直往狗窝里钻。大炮不磨镰刀了，提起鞋跟儿跑出门去。

院墙外，一个年轻人正骂骂咧咧地扶一辆倒在地上的电动车。不用问，狗是他打的。

大炮几步蹿过去，瞪着牛铃般的大眼说：“你打我的狗?”

年轻人翻翻眼皮，理直气壮地道：“它咬我，不打行吗?”

大炮的怒火被点燃，抬手照着年轻人就是两个耳光——啪啪！年轻人被打蒙了，两手捂着脸，傻傻地看着大炮。大炮还不解气，咚地一脚，把年轻人踹了个趔趄。

这时，邻居三秋跑过来，一把拽开大炮说：“干啥呢?”

大炮一蹦一跳地说：“他奶奶的，敢打我的狗……”

三秋说：“多大个事，犯得着这样？你这驴脾气，改改吧。不然，要吃大亏的。”大炮不吭声，拉风箱似的喘粗气。

年轻人连滚带爬地上了电动车，转身没影了。

大炮也不回去磨镰刀了，蹲在门口的台阶上，一根接一根地抽起烟来。

午后的阳光很暖和。这个时候,村主任来了。村主任的身后还跟着那个刚刚挨打的年轻人。就在大炮愣神的工夫,村主任已经背着手站在他面前。

村主任一脸冰霜,问大炮:“你打人了?”

大炮丢下烟头,从台阶上站起来说:“他打我的狗……他欠揍!”

村主任笑笑,眼睛一眨不眨地盯着大炮说:“这么说,怨我这个表弟不长眼了?”

“你说啥?他是你表弟?”大炮傻眼了。

“咋?我有个表弟不行吗?”村主任说,“他大老远地跑来看我,还没进我的家门,就被你结结实实地揍了一顿。俗话说,打狗还看主呢,我好歹也是个村主任……”

大炮呆呆地站在那里,脑门上沁出密密的汗。大炮说:“主任,都怪我眼拙,没认出来。你大人有大量,千万别跟我计较。打已打了,你说咋办?要不,你让你表弟也踹我几脚?”

“踹你几脚?拉倒吧。”村主任说,“我表弟直喊脑袋疼,你该带他到卫生所看看去。没啥事好说,要是打出个脑震荡啥的,我饶不了你!老这么个爆性子,你早晚要吃不了兜着走!”

大炮抹把汗,连连点头:“好好好,我听主任的……”

……

事后,村里人议论起这件事,几个上了年纪的人都说,不对呀,村主任是从外地流浪过来的孤儿,哪来的表弟?

村主任送温暖

二吹哼着小调儿，打扫着院落，扫得认真，扫得干净。昨天，在城里工作的儿子捎来话，说今天要带对象上门。这可是天大的好事啊，二吹和老婆欢喜得一夜没合眼……

二吹一边扫着院子，一边不住地朝院门口张望。

院门开了，进来的不是儿子和对象，是村主任。村主任的身后，还跟着一大帮人，少说也有七八个。二吹看清了，这些人当中，有县里的，也有乡里的。其中有两个人还分别拎着一壶油和一袋米。最后跨进院门的，是扛着摄像机的电视台记者。

二吹迷糊了，丢了扫把，几步走到村主任面前说：“主任，弄啥呢？”

村主任一脸严肃地说：“来给你家送温暖啊。”

“送啥温暖？”

村主任说：“每年的年前，县里和乡里惦记着咱老百姓，都要给村里的困难户送壶油，送袋米——咋，你忘了？”

二吹家的院子相当气派，一个干部模样的人不解地对村主任说：“有没有搞错？这么殷实的人家……也要送温暖？”

村主任嘿嘿一笑说：“要送！要送！”

二吹的脸早臊成了猴腚，忙把村主任拽到一边说：“主任，你这不是寒碜人吗?”

村主任不高兴了,脸一板地说:“这是啥话?我好心好意带人来给你家送温暖,咋就寒碜你啦?”

二吹抬头看看天空,日头就快晃过头顶了。二吹想,说不定儿子带着对象这会儿正往家里赶呢,要是碰上了这场面,该如何是好?哪家的姑娘愿意嫁个困难户啊……想到这里,二吹忙对村主任说:“主任,求求你,别闹腾了,赶快带大家走吧。”

村主任不急,背着手在二吹面前转来转去,转得二吹直眼晕。

转够了,村主任认真地问:“你家真的不需要送温暖?”

二吹坚定地说:“不需要!”

村主任又问:“你家真的不困难?”

二吹响亮地说:“不困难!”

村主任笑眯眯地盯着二吹,说:“那……你娘的养老费咋回事?”

二吹一下子张大了嘴巴。三天前,因为老娘的养老费,二吹和大哥闹翻了脸。要不是村主任拦着,哥俩差点就动起手来……

二吹低了头,带着哭腔说:“我给我给,我这就给老娘送过去……”

老　房　子

一大早，村主任就接到镇长的电话，要他尽快选一个五好家庭报上去，然后参加县里召开的构建和谐社会表彰大会。镇长还特别强调说，这个五好家庭的首要条件，必须是孝敬老人。

孝敬老人不就是孝子吗？挂了电话，村主任就骂开了，现在找个孝子比找稀有动物都难，上哪找去？好端端的，县里开啥表彰会啊，真是扯淡！可骂归骂，镇长交给的任务不完成不行。村主任把村里三十户人家扒拉来扒拉去，就扒拉到二狗子的头上。

二狗子是德顺老汉的儿子。前年，村里集体搬迁，从旧村迁移到新村，新村地势平坦，出入方便。原来旧村的老房子扒的扒，拆的拆，剩下的也没几间了。和村里其他人家一样，二狗子也在新村盖起了两间砖瓦房。新房收拾妥当，刚暖了屋，二狗子就决定把新房让给爹住，他和老婆要搬回老房子里。

搬家那天，有人问二狗子，新房两间，你爹占一间，不还有一间吗？干啥搬家？

二狗子说，我爹脾气倔，跟我媳妇尿不到一个壶里，住一个屋檐下，怕我爹憋屈。

老房子是二狗子爷爷手里盖起来的，低矮破旧，夏天像蒸笼，冬天似冰窖。二狗子和老婆笑眯眯地搬回老房子里，一住就是两年。今年春天，德顺老汉死了，料理完老人的后事，有人对二狗子说，你爹走了，新房空了，你该搬回来住了。二狗子摆摆手说，不急不急，我爹还没过周年呢，等过了周年再说吧。

村里人都夸二狗子孝顺，是个孝子。还说德顺老汉临走时住在新房里，硬是没遭一天的罪……

如今，村里要选个五好家庭，怎么说也该轮到二狗子家了。

村主任不敢怠慢，骑着摩托车，朝旧村驶去。

二狗子和老婆正在吃早饭，听见外面摩托车声响，赶忙从老房子里钻出来。看见来的是村主任，二狗子满心欢喜地对村主任说，主任，可把你给盼来啦！嘿嘿，是要拆我这两间老房子吧？

村主任一愣，眉头皱得老高，拆你老房子干啥？

不是说，这里要建飞机场吗？我都等了两年哩。

这里建啥飞机场啊？谁说的？

二狗子说，前年，村里的三炮悄悄地对我说，这里要建飞机场。他还说，就我爹这两间老房子，少说也能拿三十万……

村主任冷了脸说，三炮满嘴跑火车，他的话，你也信？

二狗子傻了眼。

二狗子老婆是个火暴性子，听了村主任的话，一下子就炸了，挨千刀的，人家说风，你就是雨啊？放着宽宽敞敞的新房子不住，你来这破房子里遭罪也就罢了，非拉老娘给你垫个背，我可亏大啦……

抢 地 盘

老蔫巴在朝阳小区收破烂三年了,从没有人跟他争过地盘,原因很简单,老蔫巴的小舅子二歪脖在这个小区里当保安。

可是这天,当老蔫巴骑着三轮车,优哉游哉地走进小区时,却被眼前的一幕弄呆了。一个半老头拖着满满一车破烂朝这边走来,边走边“破烂儿破烂儿”地吆喝着。半老头占了他的地盘,就等于抢了他的饭碗,老蔫巴一百个不乐意。

老蔫巴把三轮车扎在当路,迎着半老头晃过去。老蔫巴说:“弄啥呢？不知道这是我的地盘吗?”

半老头打量着老蔫巴,嘿嘿一笑说:“扯淡,收个破烂儿,还啥地盘不地盘的啊？谁腿快谁收呗。”

“国有国法,行有行规。你连这个都不懂,还混个屁!”老蔫巴说着,抬腿把一只脚踩在半老头三轮车的前轱辘上。

半老头见走不成了,口气软下来说:“收已收了,你说咋办?难道还要我把破烂儿卸你的车上?”

“嗯,这个主意不错。”老蔫巴歪着脑袋说。

“那我要是不肯卸呢?”

老蔫巴的手里霎时变戏法似的多出个秤砣来。老蔫巴把玩着秤砣,从左手掂至右手,再从右手掂回左手,来回倒腾着。谁知，半老头看着老蔫巴手里的秤砣，笑了："不就个秤砣吗，算什么！你见过八磅大锤吗？"老蔫巴一愣，半老头"噌"地撕开脏兮兮的上衣，露出黑红的胸脯，"叭叭"地拍两下，指着上面的一个凹坑，很响亮地说："知道咋回事吗？八磅大锤砸的！"

老蔫巴一下子蔫巴了，口水淌出来，忙吸溜回去，扭身便逃。背后，半老头呵呵地笑着喊："喂，兄弟，这里还是你的地盘不？"

老蔫巴不接话茬儿，只是在心里说，八磅大锤都砸不死的货，惹他干啥呀？

从此，老蔫巴乖乖地退出地盘，再没有在朝阳小区里露过面。

一天，老蔫巴骑着三轮车在街上转悠，迎面碰上了小舅子二歪脖。二歪脖说："姐夫，咋好长时间不见你来小区收破烂了，找到别的活儿啦？"

"找个屁！"老蔫巴哀叹一声，就把半老头抢他地盘的事跟二歪脖说了。二歪脖一听，脖子更歪了，把拳头捏得"叭叭"响："咋不早说？朝阳小区叫谁进不叫谁进，咱说了算……我就不信，还就治不了他！"

老蔫巴说："好好好，只要能把地盘抢回来，我请你喝酒。"

第二天一早，老蔫巴又回到久别的朝阳小区。刚到门口，就见半老头蹬着辆空三轮被人撵出来。老蔫巴看清了，撵半老头的人正是二歪脖。老蔫巴在心里连叫几声好，脸上露出得意的笑。

也没见二歪脖怎么弄的，"嗵"的一声，半老头的三轮车翻倒在小区门口。老蔫巴清楚地看到，半老头像条没搁稳的破口袋，直挺挺地从三轮车上掉下来，烙饼似的贴在了地上。

老蔫巴的笑容僵在了脸上。

二歪脖撵过来，踹一脚半老头，不依不饶地说："再敢进小区，老子弄死你！"

半老头挣扎着爬起来，"呸"地吐口唾沫，竟是满嘴的血……

老蔫巴没进小区，"哧溜"地下了车，赶忙扶起半老头，眼里闪着泪冲二歪脖说："你个王八蛋，咋下死手啊……"

孬　种

我们村的李三孬，名字孬，人也孬，八板子夯不出一个响屁来，是个孬种。村里人看不起他，连媳妇也不把他放在眼里。

媳妇叫金枝，小李三孬两岁，是李三孬用妹妹换亲娶进门的。那时候，家家日子穷，换亲是件很平常的事。金枝长得漂亮，一笑两个酒窝，迷死人。金枝虽说为了娘家哥嫁给了李三孬，可她的心压根儿就不在李三孬身上。也是，谁叫他是孬种呢？后来，村里传出金枝和邻村马大车的闲话，传得沸沸扬扬。无风不起浪，李三孬知道后，连个屁都没敢放一个。

李三孬孬归孬，可他是个孝子，得空就往娘住的偏屋里跑。娘眼瞎，心却不瞎，家里出了这等丑事，自然瞒不过她。每次提起这事，娘就长一声短一声地叹气，大有给列祖列宗蒙了羞的罪过感。李三孬不这么想，反倒安慰起娘来。李三孬说："娘，我三孬能娶上媳妇就知足了，好歹也算个家哩……金枝的事，你别搁心上了。只要她高兴，就随她去吧……”

娘就说：“你呀，真是个孬种。”

那时，李三孬是村里的饲养员，晚上就住在饲养室里。李三孬要回家，也得等到鸡叫三遍，给牛马驴骡添上最后一道草料。

一天，李三孬从饲养室回来。天麻麻黑，头顶的星星还在眨巴着眼睛，村里的狗有一声没一声地叫。李三孬摸进院里，正要伸手敲门，突然听到从屋里传来男人的呼噜声，响如惊雷，惊得李三孬的头皮一阵阵发麻。啥都明白了，能不明白吗？李三孬哀叹一声，背靠着门板，一屁股坐在地上，一动不动，像尊泥胎。

不知过了多久，屋门“吱呀”一声开了，开门的正是马大车。这时，天已大亮。马大车刚把门打开一条缝儿，就听“咚”的一声响，一个人坐着跌进屋里，撞开的门板正好刮到马大车的脸上。马大车疼得一咧嘴，低头一看，是李三孬。马大车对着李三孬抬腿就是一脚。

李三孬讪讪地从地上挪起来，知趣地退到一边，让出路来。

马大车如果这时抬腿走人，屁事没有。可马大车偏不，临出门时，狠狠地瞪一眼李三孬，咬牙切齿骂一句：“丧门星……”

李三孬霎时红了眼，像头发怒的豹子，猛地抄起门后的扁担，紧撵几步，照着马大车壮实的后背砸过去，差点没把扁担砸断……

马大车结结实实地挨了一扁担，身子一抖，差点摔倒，回头惊诧地看着李三孬。看了半天，马大车像只斗败的公鸡，低了头，做贼似的溜出门去。

屋里的金枝听到动静，连忙披件上衣跑出来。一看握着扁担的李三孬，金枝明白了。金枝吃惊地说："你这个孬种，你敢打他？反了你了！"

李三孬丢了扁担，吭哧半天说："他骂我娘……"

金枝斜一眼偏屋，嘴一撇地说："骂她？骂她怎么啦？老不死的！"

李三孬又一次红了眼，几步蹿过来，一扬手，啪啪，扇了金枝两嘴巴。

金枝被打蒙了，捂着脸说："你……你敢打我？"

李三孬说："金枝你听着，你怎样对我都成……你跟马大车好，我也不硬拦着，可你不能骂我娘！"

说完，李三孬一步跨下台阶，头也不回地朝饲养室走去。

背后，传来金枝呜呜的哭泣声……

……

谁也没想到的是，从此，金枝和马大车断了，一心一意地和李三孬过起了日子。转年，金枝还给李三孬生了个胖小子……

这是后话。

养着男人的女人

天刚蒙蒙亮，女人起了床。

女人在屋里屋外忙来忙去。炭火红红地烧，鼓风机呼呼地吹，女人“嗵嗵”地打凉粉。打完凉粉，天已大亮。女人气喘吁吁，像只倦鸟。

男人要帮女人刷锅。女人挡住男人说：“我来。”男人习惯了女人这样，便走开，干他该干的事，漱口、刷牙、洗脸，不紧不慢，有条不紊。

女人问男人：“你想吃点啥？我给你做。”男人淡淡地说：“随你便。”女人就着红红的炭火，给男人打上一碗香喷喷的蛋汤。男人说：“你也吃点。”女人说：“我不饿，你吃。”男人稀溜稀溜地喝蛋汤的时候，女人出摊了。

女人的凉粉筋道，滑溜，汤料也好。小小凉粉摊前，不时传来吃凉粉的哗哗声。女人出摊时，总带一半的凉粉，另一半搁家中的水盆里。天热，女人怕捂馊了。大约十点光景，男人出现了。这当儿，女人一溜小跑回了家，把另一半凉粉捞出来，摆到一个干干净净的盘子里。吃凉粉的人觉着奇怪，就对女人说：“让你男人捎带着捞出来嘛，你何苦再跑一趟？”女人笑笑说：“他干不来这个。”吃凉粉的人又说：“是你不让他干吧？这么一点事都干不来，算啥男人？嫁汉嫁汉，穿衣吃饭。还真没见过养着男人的女人哩。”女人没了声，低下头，手中的刀在凉粉上飞快地舞蹈。

凉粉是时令吃食。天一转凉，就没人肯吃凉粉了。女人就收了摊，给自己下岗。

下了岗的女人闲不住，就到对面的货场去卸货。货场老板孙二胖常吃女人做的凉粉，和女人熟，就对女人说：“你把男人养得白白胖胖，当唐僧肉吃吗？”说归说，孙二胖还是留下了女人。

那天，真该出事。歇工的时候，一只木箱从车上滚下来，不偏不倚，正好落在女人的后背上。女人“哎哟”一声，疼出一头的冷汗。

孙二胖不敢怠慢，忙搀起女人去了医院。好在伤得不重，医生说歇几天就好。孙二胖好事做到底，坚持把女人送回了家。

孙二胖搀着女人进屋的时候，男人正端坐在床上，一边看电视，一边玩着扑克牌呢。孙二胖是驴脾气，当下就火了，冲男人说：“你老婆夏天卖凉粉，冬天到我货场打工。她嫁给你，是让你疼的，不是让你当驴使！你一个大老爷们，让女人养着，丢不丢人？”

谁知，女人一咧嘴，替男人说：“孙老板，我男人不是你说的那样，是我不让他干活的。他坐着歇着，我高兴，我愿意养着他。”

孙二胖傻了，上一眼下一眼看女人。这女人，脑子灌进凉粉了？可恼可恨！孙二胖死瞪着女人说：“你听着，从今天起，再不许你踏进我的货场半步！要来，让你男人来！”说完，大步地走向门口。

“等等！”女人慌了，两手护着腰往前挪了几步说，“孙老板，有件事我本不想提起。可事情到了这一步,我不提也不行了。三年前,我们十四岁的儿子得了要命的肝病。医生说,要救我儿子,只能做肝脏移植手术。我男人为救儿子,好端端被割去大半块肝,差点死了,可还是没救下儿子……”

女人的眼泪扑簌簌地往下落。

孙二胖呆了,好半天看着男人,眼圈红红地说:“兄弟,错怪你了,别往心里去。”

孙二胖走出门口,回头叮嘱女人说:“妹子,好好养伤,等腰好了,还回货场,给我当调度员……”

菜　娘

她在菜市场摆摊卖菜,人们都叫她菜娘。

菜娘卖菜已有些年头了,儿子两岁半那年,男人出车祸死了,日子还得往下过,菜娘就租了个摊位,摆摊卖菜。儿子念小学、读中学、上大学、再考研,一路走来,小小菜摊可是立了大功!

几年前,儿子研究生毕业,分配到一个局里上班。邻摊的红辣椒对菜娘说,这下好了,你不用卖菜了,该享享清福啦。菜娘笑着说,儿子安排了工作不假,可他不是还没成家吗？等帮他买了房,娶了媳妇,我这心里才踏实呢。

去年,儿子结了婚,家就安在菜市场对面的那个小区里。菜娘却没有停下来，依然卖她的菜，用她的话说，这青的葱，绿的菜，红的柿呀，跟儿子一样亲。菜娘舍不得呢！

菜总有卖剩的时候，剩下的菜，以往，菜娘都要在收摊前减价处理掉，只留很少的一点儿自己吃。自从儿子在小区安家后，菜娘改变了这种做法。儿子下班后，隔三岔五都要来菜市场转一转，有时和菜娘说上几句话。菜娘心里舒坦，临走，就把剩下的菜装到一起，交给儿子带回去。起初，儿子不肯，菜娘就板起脸，很不高兴地说，咋？刚吃几天饱饭就挑三拣四，嫌剩菜不好啊？你们的家底儿还薄，能省就省点吧。儿子不说什么，嘿嘿一笑，拿了菜走人。

这样，儿子一拿就是几年。

可是，最近有些日子不见儿子来市场转悠了。是儿子忙吗？肯定是这样的。菜娘知道，现在的年轻人吃饭有讲究，没菜可不成。儿子忙，媳妇身边有个刚出生的儿子拖累着，出不了门，倒不如自个抽空把菜给他们送过去。

这天傍晚，收完菜摊，累了一天的菜娘拎着一大袋剩菜走进小区，爬了几级楼梯，等来到儿子的门前，已是腰酸背痛、气喘吁吁。菜娘喘口气，定定神，正要敲门，里面传出媳妇高一声、低一声的说话声，显然，是对儿子说的。媳妇说，你妈怎么回事？老给咱一些破菜烂叶，收拾都收拾不了！你现在好歹也是个科长呢，她这是寒碜人啊！

儿子说，你这叫什么话？世上哪有母亲寒碜儿子的？我不是好长时间没去拿菜了吗？好了，我以后再不去拿就是！

敢情儿子当了科长呢！傻小子，咋不跟娘说一声？菜娘眼里有了泪,转身悄悄地下楼,慌里慌张地逃出了小区。

第二天,进菜回来,菜娘不急着摆摊卖菜,青的葱、绿的菜、红的柿,各取一份最鲜的搁在一边……那可是留给儿子的呀!

红辣椒凑过来说,哟,菜娘,你拣最好的菜拿去,干吗呀?

菜娘说,给儿子的,以前老给他剩菜,这回不给。俺儿子当科长了呢!这个傻小子,这么大的事也不跟俺说一声。说这些话时,菜娘的眉眼里挤满了笑。

红辣椒连忙跷起大拇指说,恭喜菜娘,你儿子厉害,有出息!这下,有个当科长的儿子,你该歇息享福了吧?

菜娘一脸的幸福,边摆弄菜边说,享啥福啊?儿子也是一家子呢!俺手脚还利索,还不到要儿子养着的时候呢。再说,这青的葱、绿的菜、红的柿呀,让俺一下子丢开,咋舍得呢?

两个人正说着话,菜娘猛一抬头,就看见媳妇骑辆电动车过来。看样子,媳妇是来拿菜的。

菜娘心头一喜,手忙脚乱地把菜装进一个袋子里,正要走出菜摊,双脚却像生了根似的再也挪不动了。

菜娘分明看见,媳妇从最前面的菜摊上买了菜,转身跨上电动车,头也不回地驶出菜市场大门……

菜娘傻在那里,半天没回过神来。

米 贵 卖 羊

羊贩子一眼就看中了米贵羊圈里的六只羊。

米贵的羊，喂得好，个个膘肥体壮，滚瓜溜圆。羊贩子说，兄弟，一只五百，给足了吧？米贵搓着手，嘿嘿地笑。米贵一旁的女人，也跟着嘿嘿地笑。

羊贩子拉开系在腰里的钱包，抽出一沓钱，数了三千，交给米贵，然后说，兄弟帮我装车吧。

罩着钢筋网的拉羊车，就停在米贵家的大门口。车斗子上的羊挤来挤去，咩咩地叫，惹得米贵羊圈里的羊也跟着咩咩地叫。米贵把钱交给身边的女人，朝手心里啐口唾沫，哈下腰逮着一只羊往外拽。拽了三只，车斗子满了。瞅瞅满满一车羊，确实再挤不下一只了，羊贩子挠挠头皮，自言自语地说，咋整呢？

米贵也挠头，挠了半天说，能拉几只算几只，我给大哥退三只羊的钱吧？

别别别。羊贩子连连摆手，他害怕丢了米贵这么好的羊。

米贵说，你这人有意思，羊又拉不走，钱又不让退……

羊贩子掏出烟，给米贵一支，自个叼一支。他说，要不这样吧，这三只羊就留在兄弟家，麻烦你们帮我喂几日，下礼拜我一准来拉。米贵说，喂就喂，自家的羊哩，你一下子全拉光，俺还舍不得哩。

羊贩子上了车，打着火，回头冲米贵和女人说，麻烦你们两口子了！米贵嘿嘿地笑，女人也嘿嘿地笑。羊贩子一加油门，三轮车“突突突”地向村口奔去。

一个礼拜很快过去了，羊贩子没来。又一个礼拜过去了，羊贩子还是没来。

这天，来了一个收羊的，趴在米贵的羊圈墙上，缠着要买米贵羊圈里的三只羊，给的价钱更高，一只给到六百块。

女人动了心思，悄悄地扯扯米贵的衣袖说，米贵啊，要不卖了吧？米贵回头瞪女人一眼，这羊是你的？女人说，是他羊贩子的又咋啦？说好一礼拜来拉，可他两个礼拜也没来。米贵说，那人家要是哪天来拉羊了，拉你？女人说，拉我干吗？我又不是羊。他要真的来拉了，就退他一千五。米贵说，退个屁！羊是人家的，咱做不了这个主！女人瘪了嘴。

收羊的见收不成羊，开着三轮车走远了。

这天，米贵得到一个可靠的消息，那个羊贩子在拉羊时翻车受了伤，伤得挺重，一条腿也被压折了，现在正躺在医院的病床上，估计没个几十天下不了地。

这下，米贵没辙了。月底，他和女人就要进城去帮舅舅开饭店的，这三只羊咋办？米贵进门出门就想着这件事，想得头都大了，也想不出一个办法来。女人说，我说卖了吧，你还跟我瞪眼睛。这下，还不得卖？

米贵便卖了圈里的三只羊，还卖了个好价钱。

米贵要进城，给羊贩子送钱去。女人拿出钱交给米贵，米贵一数，是一千五百块。米贵说，咋成了一千五？女人攥着抽下来的三百块钱说，他买咱羊的时候，就给了一千五。米贵不想跟女人争辩，米贵问，羊是谁的？女人答，羊贩子的。米贵又问，卖羊的钱该归谁？女人闭了嘴……

县城不大，骨科医院就一家。米贵没费多大劲，就在医院住院部的二楼找到了腿上打着石膏的羊贩子。

看见米贵，羊贩子很是意外，赶忙坐起来说，兄弟，你咋来了？米贵说，你不来拉羊，我得来给你送钱不是？月底，我跟媳妇要进城帮我舅舅去开饭店，没辙，就把你的羊给卖了。羊贩子说，好，卖了好哇。你看我这个样子，一时半会也做不成个买卖。

米贵从口袋里掏出钱，交给羊贩子。羊贩子数来数去，抽出三百块，塞到米贵手里说，兄弟，多了。我记得真真切切，是一千五。米贵说，你的羊，我就卖了一千八。羊贩子歪着头想了半天，说，咋说，这三百块都不该我拿。

米贵不想跟羊贩子磨嘴皮，米贵问，羊是谁的？羊贩子说，我的吧。米贵又问，卖羊的钱该归谁？羊贩子语塞。

米贵放下钱，一本正经地说，不该我的，我不拿。拿了，昧良心……

羊贩子感觉有咸咸的东西，流进他的嘴里。

媒婆三娘

三娘当媒婆，那是早几年前的事。如今，三娘老了，不当媒婆了，人们还是喜欢叫她媒婆三娘。

在我们村里，四十岁以上的夫妻，十有八九是三娘做的媒。三娘做媒的成功率颇高，几乎做一对，成一双。那时的三娘，名气比乡长还大。

当然，三娘也有做不成的媒，比如村西头的家禾。不过，三娘后来搭上自家的姑娘杏儿，还成就了一段美好的姻缘呢。

那天，家禾的娘拄着拐杖，颤颤巍巍地来了，求三娘给她儿子家禾做媒婆。三娘知道，家禾长得帅，人品好，就因为穷，摊了个药罐子娘，才迟迟没有成家。这样的小伙子不帮忙，有辱媒婆的名号。三娘当下拍着胸脯说："嫂子找我算是找对了人，我保证，不出今年，我让家禾把媳妇娶进门！"

说出去的话，泼出去的水。三娘不敢懈怠，一心一意地帮家禾介绍起对象。可一连介绍了五六个，一个没成，不是姑娘嫌家贫嫌累赘，就是家人不点头。

转眼到了秋天。

这天，三娘回娘家帮忙收秋。娘家哥有个姑娘叫秋水，二十二岁，做代课教师，还没婆家。娘家哥就让三娘给秋水介绍个对象。三娘一下子就想到了家禾，觉得家禾和秋水那是很般配的一对儿。于是，三娘就把家禾介绍给娘家哥。

娘家哥沉吟半天，不高兴地说："你这不是把秋水往苦海里推吗？"

三娘说："家禾的家是有点穷，可穷不扎根啊。"接着，三娘扳着指头细数起家禾的种种好来。

娘家哥不耐烦地打断三娘的话说："他这好那好，你咋不把自家的姑娘嫁给他？"

三娘一怔，无言以对。三娘也有个姑娘，叫杏儿，跟秋水一样大，也没婆家。

过后一想，娘家哥话糙理不糙啊，杏儿为啥就不能嫁家禾呢？

回家的当天晚上，三娘试探着把自己的想法跟杏儿说了。没想到，杏儿脸一红，头一低说："杏儿的婚事，由娘做主。"

三娘白一眼杏儿："你这个鬼丫头！"

三娘终于兑现了她的承诺。那年的腊月二十六，家禾用一辆自行车就把杏儿娶进了门。

转年，家禾娘去世，家禾便带着杏儿进了城，搞室内外粉刷。几年下来，两口子便在城里买了房，买了车，还组建了自己的粉刷队。如今的家禾，大小也算是个老板哩。

逢年过节，家禾和杏儿开着小车，带着大包小包的礼物回村看三娘。村里人都说："还是媒婆三娘有眼光！"

咱家的燕子

啾啾——啾。

叽叽——叽。

一大早，三嫂刚刚起床，窗外就传来燕子的呢喃声。

三嫂挪着笨重的身子来到窗前，隔着玻璃向外一看，果然，对面晾衣服的铁丝上，并排落着两只燕子，昂着头，翘着剪刀一样的尾巴，像两只黑色的小精灵。

三嫂家的屋檐下，有个燕子窝，口小肚大，像半个倒扣的葫芦，很精致，很漂亮。三嫂嫁给三哥时，燕子窝就在。三嫂还听三哥说，每年的清明节一过，阳湾湾地里的小草拱出嫩芽儿的时候，咱家的燕子就从南方飞回来了。

果然如此。

三嫂还发现，头几日，许是飞累了，燕子黏在窝里，很少露面。待休息几日，便双双飞进飞出。毕竟，经过一个漫长的冬季，燕子窝有了破损的地方，该修的要修一修，该补的也要补一补。

日子水一般流过，天越来越热。这时候，燕子便开始产蛋了。生儿育女，成了它们的头等大事……

人呢？不也就是这样？这么想着的时候，三嫂的脸上就荡起一抹幸福的笑。

日头晃过东山，晃过院墙，白晃晃的。一只燕子飞走了，另一只燕子抖抖翅膀，箭一般尾随而去。三嫂收回目光，从口袋里掏出手机，熟练地拨了一个号。那个号是三哥的。

三哥住院快一个月。当初，是三嫂在医院里伺候着三哥的。随着三嫂的身子越来越笨，婆婆便把她撵了回来，让她安心地养胎。可回了家的三嫂，心却留在了医院，留在三哥的身上。隔三岔五，三嫂就给三哥打个电话或发条短信。

电话通了，三嫂说："老三，告诉你一个好消息。"

三嫂管三哥叫老三。

"我也有个好消息要告诉你……咱谁先说？"

三嫂说："你先说。"

三哥回："还是你先说。"

"咱家的燕子，飞回来了。"

"哦？"三哥说，"燕子进门，喜事临门。"

"你的好消息呢？"

三哥大声地说："我今天出院回家！"

"真的呀？"三嫂喜出满眼的泪，"果然是喜事临门哩！"

三哥又说："估计中午到家。"

"想吃啥？我给你做。"

三哥呵呵地一笑："白菜猪肉馅饺子哦。"

三嫂一看窗外的天光，赶紧说："时候不早了，我该去菜市场了，挂了啊，老三。我包好饺子，在家等你。"

三嫂拎个篮子就出了门。

迎面，碰上隔壁二丫。二丫说："嫂子，干吗去？"

三嫂笑眯眯地说:“你三哥今天出院,想要吃我包的饺子,我去割点肉,买点菜……”

“你腆着个肚子不方便,要不,我帮你买?”

“不用不用,我自己能行。”三嫂说着,一手提着篮,一手护着腰,一步一步地向菜市场走去……

啾啾——啾。

叽叽——叽。

是燕子的叫声。

三嫂抬脸望向天空。可不是吗?两只燕子在她的头顶上飞来飞去,不离不弃的样子。

这时,三嫂口袋里的手机响了。三嫂停下脚步,掏出手机一看,是三哥打来的。三哥说:“刚才逗你玩的,别去菜市场买肉买菜了,你身子那么笨,又没人陪着……”

“谁说没人陪着?”三嫂咯咯地笑出了声,“你听,咱家的燕子,陪着我呢……”

啾啾——啾。

叽叽——叽……

老　五

老五帮三孬收完麦子，回家的路上，一不小心从三孬拉麦子的车斗子上掉下来。当下，老五疼得龇牙咧嘴，两条腿也动弹不了。

三孬赶忙把老五送进了医院，经检查，老五的胯骨骨折，急需手术治疗。

很快，医院就制定了两个手术方案。一个是断骨复位，就是通过钢板钢钉把老五断裂的骨头复位固定。这个手术的费用低，也就两万多块钱。另一个方案是骨头置换，也就是把老五断裂的骨头取出来，换一块人造骨头。而这个手术的费用高，大约需要四万多块钱。

了解了人造骨头的诸多好处后，老五的一双儿女举双手赞成给老五换块骨头。

儿子说："咱爹都六十多了，骨质早疏松了，换块骨头好啊。"

女儿也说："对呀，现在的医学这么发达，换块人造骨头肯定好用耐用……"

可躺在病床上的老五把头摇成拨浪鼓。老五说："我的骨头复位以后还能用，换什么换？骨头还是自己的好。我前年安颗假牙，到现在吃东西还吃不出个滋味来。"

儿子说："爹，你是怕多花钱吧？没事，三孬有的是，别说四万，十万八万人家都拿得出。"

"钱再多也是人家的。"老五说，"我摔成这样，也不能全赖人家……"

"那……人造骨头不换啦？"

老五斩钉截铁地说："不换！"

儿子退到一边。

老五还对医生们说："你们听着，没有我的同意，谁也甭想给我换骨头。谁给我换了骨头，我下了手术台跟他玩命……"

老五的手术很顺利，也很成功。在医院住了一段时间后，老五就回了村。

闲着无聊的老五就摇着轮椅，在院子里溜达，从南墙根儿溜达到北墙根儿，再从北墙根儿溜达到东墙根儿。

几天后，老五不满足了，他想走出院门，到村街上溜达溜达。

这天，老五摇着轮椅来到村口的老槐树下。那里，早聚了一帮闲聊的人。

有人说："老五，这么快就出院啦？"

老五说："都好几天了。"

又有人说："现在的医学就是发达。当年，我爷爷上山砍柴摔断了腿，硬是在炕上躺了大半年，最后还落个瘸腿的毛病。"

老五笑眯眯地说："没法比，没法比啊。"

还有人说："老五，人造骨头咋样？还好使不？"

"啥人造骨头？"老五一愣，"我没换人造骨头啊！"

"没换？"那人说，"没换要花四万多块钱？"

老五感觉味儿不对,黑了脸,调转轮椅回了家。进门时,轮椅把门板撞得“咚咚”响。

老伴一看,慌了:“哪个惹你生气了?”

老五也不搭话,操起手机拨通儿子的电话。儿子说:“爹,有事?”

老五声震如雷:“你告诉我,是不是给老子换了骨头?”

“谁说的?哪有这回事?再说,你不点头,谁敢换啊?”

“那四万块钱是咋回事?”

儿子想了一下,说:“手术是花了两万块,可不是还有误工费、营养费、精神损失费吗?这费那费的加一块,四万还少要了呢。”

“你混蛋!”老五“叭”的挂了电话。

老伴看着脸色铁青双手颤抖的老五,赶忙安慰说:“他爹,钱已经拿了,你说咋办就咋办,可别气出个好歹来。”

老五一掌拍在轮椅上:“拿钱来!”

老伴没挪窝。

老五喊:“你傻啦?”

老伴反应过来,忙从柜子里取出两万块,交给老五。

老五接了钱,往怀里一揣,摇着轮椅,骨碌骨碌地出了门……

酒 香

小孬扛着锄头走进村主任家的院门时，日头刚刚正午。

村主任果然没有食言，开完会，已经从镇里赶了回来。这会儿，村主任正歪在沙发上看电视呢。看见小孬，村主任站起来，活动活动腿脚说，麦子锄完啦？小孬抹把脸上的汗说，锄完了，锄完了。村主任满意地点点头，抛一支烟给小孬，好，好。

村主任女人打来一盆热水，还拿来香皂和毛巾，让小孬洗脸洗手。小孬边洗边想，村主任家的人就是讲究。

洗了手，洗了脸，村主任招呼小孬坐到饭桌前。一会儿，村主任女人就把做好的午饭摆上了桌。盘盘碟碟，有肉有菜，很诱人。小孬忍不住又想，村主任的女人就是会烧饭，不像自家的女人，烧出来的饭菜也没滋没味。

村主任转身从背后的柜子里取出一瓶酒。看那包装，小孬就知道，这不是一般的酒。村主任砰地打开，霎时，一股浓烈的酒香弥漫了整个屋子。小孬使劲地抽抽鼻子，心里说，村主任家的酒，就是香！

村主任握着酒瓶，边往杯里倒酒边说，这酒不赖，是上次乡长来时喝剩下的，香着呢。今天，我得陪你好好喝几杯。

村主任说完，端起酒，一仰脖子，杯里的酒“吱溜”下去大半。

小孬也照着村主任的样子,把杯里的酒喝下去一大半。

小孬抹了把嘴,感觉特舒坦,打心眼里说,这酒,真香……

村主任捡起筷子,夹个鸡大腿放进小孬的碗里,一只手朝小孬一划拉,吃,吃呀,干了一上午的活,早饿了吧?

小孬被村主任弄得有点不好意思,看着村主任,嘿嘿地笑。

一杯酒很快见了底。村主任拿起酒瓶,先给自己斟满,然后把酒瓶移过来,要给小孬满上。小孬一伸手,张开的巴掌就扣在酒杯上。

小孬说,村主任……

村主任说,来,满上,满上。

小孬的手不离开酒杯。

村主任一愣,咋?这酒,不香?

小孬连忙说,香,香呢。

那咋不喝?村主任说,来来来,再来一杯……

村主任今天用的是喝水的大杯子,一杯能装二两多,刚才村主任又倒了一杯,瓶子里也就剩下了一杯酒。小孬挠挠头,有点难为情地说,村主任,我想把这杯酒带回去……

带回去?这里不能喝?

能,能。我就想……

想啥?

给我爹尝尝……我爹好酒,闻着酒就腿软,可他一辈子也没喝过个好酒……

村主任知道,小孬是个孝子。这几年,村里像小孬这样的壮劳力都进了城,打工挣钱去了。可小孬的爹娘,一个有病,一个瘫着，让小孬割舍不下。为这事，小孬媳妇没少跟他吵，也没少跟他闹。今年开春，媳妇赌气地抱着孩子回了山里的娘家，都半年多了，也不见回来……

这么想着，村主任的眼睛就有点潮。村主任转身从柜子里又拿出一瓶酒，"嗵"地放在小孬面前说，我这里还有一瓶，一会儿，给你爹捎过去。

小孬连连摆手，要不得，要不得。我爹爱喝归爱喝，可他上了年纪，身体又不好，不能多喝，有这一杯就成。

村主任还想说什么，小孬已提溜着酒瓶跨出门去。

看着小孬渐行渐远的背影，村主任在心里说，下午该去趟山里，把小孬媳妇叫回来……

一　只　鸡

一大早，七婶的儿子就打来电话。儿子说："妈，收拾得怎么样了？如果收拾妥了，我今天就开车去接你。"

"好歹是个家哩，锅碗瓢盆呀，柴米油盐呀，哪能一下子收拾好？"七婶说，"还有，妈的那只大公鸡也不知野哪里去了？好几天不露面……"

"不就一只鸡吗？能值几个钱，丢就丢了。"儿子说，"妈，再有两天该行了吧？我下礼拜就回去。"

七婶最不爱听儿子用这种口气说话。七婶说:“啥时归整好了,妈啥时给你打电话。”

七婶刚刚挂了电话,耳边响起一阵呜呜的鸡叫声。七婶一抬头,就看见自家那只大公鸡飞到墙头上,翅膀一扑棱,又飞回院子里。

与此同时,院门开了,一个戴着眼镜的城里男人闯进来。因为跑得急,男人的脑门上沁出亮晶晶的汗珠。

七婶出了屋门,站在台阶上说:“你这个大男人,撵我的鸡干啥?”

城里人扶一下滑下来的眼镜说:“大嫂,我不撵鸡,我是想买你的大公鸡。”

“买我的鸡?”七婶一愣,“城里也让养鸡?”

城里人说:“我不在城里养,我就在你们村里养……我想听公鸡打鸣儿。”

前几天,七婶就听人说,有个城里的大老板买了村头四仓的房子,院里种了菜,门前养了鱼,说要搬到这里来住。看来,眼前的这个城里人,就是那个大老板。七婶说:“你放着亮堂堂的楼房不住,跑我们乡下住这破土屋,图个啥呀?”

城里人哈哈一笑说:“图个啥?图这里的环境,图这里的空气……这青山绿水的,城里有吗?”

七婶愣愣地看着城里人。

城里人接着说:“这里好是好,可就是有一样,清晨听不到公鸡的打鸣声,实在遗憾。”

七婶说:“村里的人都快走光了,谁还养鸡?我这只鸡呀,恐怕是村里最后一只公鸡了。”

城里人说:“大嫂愿不愿意忍痛割爱,把这只鸡卖给我?我出大价钱……”

七婶咯咯地笑了,像只下了蛋的鸡。七婶说:“公鸡在我家和在你家还不一样打鸣吗?”

城里人明白过来,摇摇头,朝院门口走去。

七婶冲着城里人的背影大声说:“我家那只老母鸡要抱窝,赶明儿我搁些鸡蛋孵进去,等小鸡出了壳,分出公母来,我送你两只小公鸡行不?”

“太好了,太好了!”城里人喜滋滋地出了门。

看着城里人渐行渐远的背影,七婶突然折身回屋,她要给儿子打个电话。

电话刚接通,儿子就迫不及待地说:“妈,是不是收拾好了,我这就回去……”

“你不要回来,妈不进城了……”

儿子急了:“不是说好了吗?咋又变了?”

“妈不进城,妈要给你们守着这个家。”七婶说,“你知道不?有个城里的大老板买了咱村四仓的房子,搬到咱们村来住,养羊养猪,门前还挖个鱼塘养鱼……”

“还有这事?”

七婶说:“你说说,人家一个大老板,在城里缺啥?可人家为啥要买四仓的房子?为啥要住到咱们村?一句话,还是咱们这里好。青山绿水的,城里有吗?妈不进城了,把咱家打理好,种粮种菜,养鸡养鸭,逢年过节,你带媳妇和孩子回来……儿啊,你记着,这个家才是你的家……”

电话里，儿子的声音很低，只一个劲儿地“嗯嗯”地应着……

我给村主任看砖场

村主任砖场里的砖卖不出去，堆积如山，看着就让人头大。无奈之下，村主任关了砖场。

村主任找到我说，拐子，给我看砖场吧。我不会白用你，我每月给你开五百，咋样？

我小时候得小儿麻痹拐了腿，走路不稳当，今年我都三十了，不能跟村里其他男人一样进城去打工，村主任给我一个差事干，我求之不得。况且，村主任平时待我不薄，逢年过节，不是给我掂袋面，就是给我拎壶油……我拍着胸脯对村主任说，村主任，你放心，只要有我拐子在，少不了你半块砖头！

村主任的砖场在村南，离村五里地。当天下午，村主任就开车把我送了过去。村主任交给我两把钥匙，一把是砖场大门上的，一把是大门旁边那间小门房的。我就住在那间小门房里。

给村主任看砖场，是件很轻松的事。村主任的砖场虽说很大，有三亩多，但四周围着一人多高的围墙，想偷块砖也难。我只要守好大门，也就看好了砖场，省心又省力。

我在砖场的日子是这样的，除了睡，就是吃，大门不出，二门不迈。一个月过去,我便把自己养得白白胖胖的。

一天,我正在烧饭,外面响起吵闹声。我拎着锅铲跑出去,就见大门口围了一伙人,骂骂咧咧的。看样子,这伙人是来闹事的。我说,你们干什么?

一个胖子把手里的大锤往门上一砸,我们在砖场干了两年,一分钱没给我们,你说我们干什么?

要钱是吧?找村主任啊!村主任又不在这里……

领头的络腮胡冲胖子说,跟他废什么话?砸!

胖子嗨一声,手起锤落,门上的锁掉下来。大门被打开,这伙人呼啦一下子冲进了砖场。

你们要干啥?不许胡来!

谁也不搭理我。这伙人抡锤的抡锤,舞镐的舞镐,逮啥砸啥,砖场霎时变得乌烟瘴气。

咋办?我慌了神,我可是给村主任拍过胸脯的啊。

我瞅准机会,头一低,公牛抵角似的冲着络腮胡撞过去。我想,我这一头撞过去,肯定能把络腮胡撞趴下。然而,我想错了,络腮胡似乎早有防备,轻轻一闪身,就让过了我。咚,我一头撞在砖墙上……

等我醒过来时,我发现我躺在医院的病床上,头上缠满了纱布。我娘抹着眼泪说,拐子,你傻呀,咋撞墙呢?这要是一头撞过去了,可咋整?

村主任说,你一个拐子,逞什么能?斗什么狠?人家七八个,会怕你?真是个死心眼儿!

我说,那我也不能眼睁睁地看着他们砸下去。

那叫有劲没处使。村主任笑了，不就是一堆破砖烂铁吗？砸，爱咋砸咋砸，你让他们可着劲儿去砸。

我知道，村主任除了心疼我，还心疼他给我垫付的那三千块医药费。我说，村主任，这钱你从我工钱里扣吧。

村主任说，那你半年不白干啦？

从医院回来，我得了头疼病，有时疼起来，真想以头撞墙。

日子水一般流过。转眼，已是深秋。

这天，我正在门口晒太阳，一辆三轮车"突突突"地由远而来。车刚停稳，就从车上跳下四五个人，每人手里还拎着家伙。不用问，是来砸砖场的。

我的头突然地疼起来，而且头痛欲裂。

想起上一次砸砖场的事，也想起村主任说过的话，我犹豫了一会儿，还是扭身进了门房，并且把门牢牢地插上。

很快，那伙人叫骂着进了砖场，噼噼啪啪那个砸呀，吓得我都没敢去瞅一下。

等那伙人坐着三轮车离开后，我才想起该给村主任打个电话，告诉他一声。

村主任很快就开着车来了。看着一片狼藉的砖场，村主任的脸都歪了。

我要你干啥？拐子，我要你干啥？

看砖场啊……

你看了吗？这就是你看的砖场？村主任抖动的手指朝四周一划拉，这就是你看的砖场！

上一次……上一次你不是……

村主任显然没有想起上次说的话。村主任向前一步,恨不得一口吞了我。村主任指着我的鼻尖说,你成心坑我是不是?镇长昨天打来电话,说要考察我的砖场……今天砖场就成了这个样子,还考察个屁……

低　保

范矬子走进村主任家的院门时,天刚刚黑透。

村主任正在看电视,眼皮也没撩一下,说:“矬子啊,找我有事?”

范矬子一脸谦卑地说:“村主任,你得帮我办个低保……”

村主任不高兴了,眼不离电视说:“办低保要符合办低保的条件,不是你想办就能办的。”

范矬子说:“村主任,我家的情况你知道,真的很困难呀。我的一条腿瘸,干不了重活;老婆有病,常年捧个药罐子……”

村主任点支烟,吸一口,吐个大大的烟圈儿,慢腾腾地说:“找困难,谁都能找一箩筐。你说,咱王独庄哪家没个困难呢?”

范矬子蔫了。他知道,村主任不给他办低保,是因为一桩事。年前,村委换届,竞选村主任的两个人,除了现任村主任,另一个是开砖窑的皮蛋。投票前几天,皮蛋找上门来,要范矬子投他一票。范矬子和皮蛋沾点亲,不好拒绝。结果那一票,没帮上皮蛋,却得罪了村主任……

范矬子回到家，长吁短叹，一支接一支地抽烟。老婆撑着病歪歪的身子对他说：“村主任不给办，你就没辙啦？”

范矬子说：“你有辙？”

“村委会上头，不是还有个乡政府吗？不行，你到乡政府问问。”

次日一早，范矬子就去了乡政府。人家告诉他说，办低保首先要村主任同意才行。村主任不报，说明你不符合低保条件。人家还说，你这样直接找乡政府，是给乡政府添麻烦，是不对的……

王独庄就巴掌大个地方，村头放个屁，村尾闻臭味。范矬子到乡政府的事，村主任早就知道了。当范矬子再次走村主任的家时，村主任的脸色就很难看了。村主任说：“你不是到乡政府告我的状了吗？怎么回来了？”

范矬子赶忙辩解：“村主任误会了，我不是去告状，只是到乡政府问问而已。”

村主任不耐烦地摆摆手：“既然乡政府能给你办低保，你还找我干啥？去吧，你去告吧。”

范矬子说：“村主任，你这是逼我？”

村主任冷笑一声：“逼你？你到乡政府，也是我逼你的？”

范矬子张了张嘴，说不出话来。

村主任一指屋门：“我还给你指条道儿，乡政府告不倒，你到县政府；县政府告不倒，你到市政府……”

范矬子的脸憋成绛紫色：“村主任，这话可是你说的！”

第二天，范矬子搭班车进了城。好不容易进了县政府，可人家说的话跟乡政府讲的一模一样。一句话，想办低保，先找村主任。

范矬子搭上回村的班车。司机认得他，俩人聊起办低保的事，司机说："告状这事，我干过。你得有耐心，一个字，磨。"

范矬子说："那不惹人家烦吗？"

司机说："对，就让他们烦。一烦，他们就把事情给你办了。不哭的孩子没奶吃。"

从此，隔三岔五，范矬子就去一趟乡政府，然后再去一趟县政府。

眼下，正是夏锄时节。范矬子忙着告状，把地撂荒了，野草长得比庄稼还高。眼看一年的收成没了指望，老婆指着范矬子说："低保办不上，地也撂荒了，咱一家喝西北风啊？"

范矬子说："我再跑几趟，实在办不上，也罢……狗日的低保！"

以前，范矬子到乡政府或县政府，都是搭班车去的，来回一趟，不吃不喝，也得十几二十块钱。这回，他不坐车了，骑着那辆稀里哗啦的破自行车就出了门。

出村不远，突然下起了瓢泼大雨。一辆从后而来的摩托车把范矬子撞飞到路边的玉米地里……

范矬子捡了一条命，两条腿却不能动了。

从此，范矬子再也不能去告状了。

不久，村主任给范矬子办了低保。有人对村主任说："范矬子铆足了劲儿告你，你咋还给他办低保？"

村主任嘿嘿一笑说："男人一句话，板上钉颗钉。我说过，范矬子啥时不告我，我啥时给他办低保！"

月 色 溶 溶

锅子端一碗稀饭要走,娘一声断喝:“站住!”锅子的手一抖,碗里的稀饭差点撒到地上。锅子回头看着娘。娘盘腿坐在炕头,托一杆长长的旱烟袋,嗞啦嗞啦地抽得山响。烟雾弥漫,看不清娘的脸,锅子却能感受到娘的威严。

锅子怕娘,打小就怕。娶了媳妇,还怕。锅子嗫嚅着说:“杏儿病了,没吃早饭哩。”

“一顿半顿能饿死?”娘手里的旱烟袋一晃,“你待人家好,人家待你好不?”锅子不敢还嘴了。

娘看一眼窗外,迷离着两眼说:“有些日子没见着香秀了。你借头驴,去王独庄把香秀接回来住几天。”锅子有点犯难。锅子想说,香秀怀着孩子呢,这时候接她,万一有个闪失,咱担待不起呀。可话到嘴边又咽了回去。锅子知道,娘的话,板上的钉,那是收不回来的。锅子走了。

快晌午的时候,锅子牵着一头大青驴,满头大汗地进了院门。驴背上坐着的,正是他的妹妹香秀。娘看着香秀微微隆起的肚子,目光变成了锥子,在香秀身上扎来扎去。娘不喜欢香秀肚里的孩子。

香秀嫁到王独庄,是为了给锅子换亲。可锅子的媳妇杏儿看不上锅子，从过门到现在，硬是不让锅子上炕睡觉，逼着锅子夜夜打地铺。娘就担心，锅子和杏儿的日子过不到头。香秀每次回娘家，娘总是不厌其烦地嘱咐她，要她当心，万万不可怀了孩子。可香秀跟男人好，早把娘的话当成了耳旁风……

锅子拴好驴，提把镰刀出了门。等锅子背一捆青草回来时，突然听到从娘屋里传来的拍门声和呼喊声。锅子一激灵，把草扔给大青驴，几步奔过去。娘的屋门紧闭，上面还挂把锁。锅子说："娘，咋锁门呢？"

屋里，是香秀的声音："哥，娘把我锁屋里了……"锅子急了："锁你干啥？"

香秀带着哭腔说："娘要打掉我肚里的孩子……她去找接生婆了啊……"锅子的头皮一阵阵发麻。

"哥，你救我出去……""咋救？钥匙娘随身带着呢。"

香秀的哭声从屋里丝丝缕缕地飘出来。

锅子知道，娘这么做，是为了他好。可香秀肚里的孩子，也是一条命啊……锅子抹一把额头沁出的冷汗，大声地对屋里的香秀说："香秀别怕，哥救你出去就是。你踩个板凳上去，先把窗子打开。啊，别慌……"

锅子也慌。他慌的是，娘这时突然出现在院门口就麻烦了。窗户终于打开了。锅子翻身进去，费了好大的劲才把香秀接出来。

香秀紧张得浑身哆嗦："哥，我去哪？"

锅子说："先躲到村后的树林里……午饭后，哥送你回家。"

"娘这边呢？"

锅子一拍胸脯:“有哥顶着呢!”

刚刚送走香秀,锅子前脚进门,娘就领着接生婆回来了。一看打开的窗户,再看看气喘如牛的锅子,娘啥都明白了。娘的脸色铁青,抡起扁担就打。锅子也不躲,任娘打。

夜幕四合,村庄一片宁静。

锅子是一瘸一拐进屋的。杏儿还没睡,半靠在被子上等锅子。白天家里发生的一幕,杏儿都看在眼里。杏儿低眉顺眼地说:“锅子,你过来……”锅子不相信地看着杏儿,站着没动。

杏儿又说:“我又不是老虎,能吃了你?”

锅子犹犹豫豫地过去了。杏儿抬手抚着锅子脸上的一道血印:“还疼不?”

锅子说:“娘打的……不疼。”

“为啥救香秀出去?”

“香秀肚里的孩子……叫我舅。”

杏儿一把拉住锅子的手:“以前都是我不好。锅子,从今天起,别打地铺了,你上炕睡……”

窗外,月色溶溶。

帮扶

镇长交给我一个任务，要我去一趟羊村，选一家养羊户给予帮扶，以带动全镇乡村经济的快速发展。

羊村之所以叫羊村，是因为这里祖祖辈辈都养羊。我搭车来到羊村的时候，头顶的日头升到头顶。羊村的街头巷尾，除了跑来跑去的羊，不见一个人影。我正打算敲一户人家的院门时，一个人撵着几只羊向我走来。那人歪着头打量我半天，突然大声叫道："哎呀，这不是老同学吗？"

经他这么一吆喝，我也认出来了。他叫刘文海，是我初中三年的同学。不过，在我的记忆里，刘文海不是羊村的人。

刘文海告诉我，说他的家在山那边，因为兄弟多，家里穷，不得已才做了人家的倒插门女婿，落户到羊村的……刘文海说这些话时，我从他的脸上明显看出了某种失落和不甘。

我让刘文海带我去见村主任。刘文海拉着我的手说："不急不急，这不到饭点了吗？老同学来到我的村里，好歹也得上我家认个门儿，吃顿饭不是？"

拗不过他，我只好听从他的安排。

两间土坯屋，一道土院墙；三五只鸡，七八只羊；再加一个瘸腿的婆娘……这就是刘文海的家。

我和刘文海喝着酒，说着话，不觉就说到我来羊村的事上。刘文海端起一杯酒说："老同学，差点忘了问你，是哪股风把你吹到我们羊村来了？"

我一想，这也不算什么保密的事，就如实告诉了刘文海。刘文海一听，傻子似的看着我，半天不说话。

我拿酒杯碰碰他："来，喝酒。"

刘文海放下酒杯，两只手紧紧攥住我的手，激动得声音都走了调："难怪我昨晚梦到了贵人，敢情这个贵人就是你啊，我的老同学……"

我茫然地看着刘文海。

刘文海又说："镇长要你选这个养羊户有啥条件没？"

我说："没啥条件吧，只要勤快恳干就行。"

刘文海"啪"地一拍桌子，竖起的大拇指一指自己说："老同学，就我吧！"

"这个……"

"咋？"刘文海说，"你做不了主？"

"那倒不是。至少我得找你们的村主任透个气。"

刘文海掏出手机说："也好，我打个电话让他过来就是。"

"这样不妥吧？"

刘文海嘿嘿一笑说："知道村主任是谁吗？咱的大舅哥啊……"

从羊村回来不久，镇里的帮扶款就拨了下去。随同那十万元帮扶款到达羊村的，还有从省城请来的两位养羊专家。

有技术指导，有资金扶持，没出半年，刘文海的现代化养羊场就建起来了。规模之大,当属全镇乃至全县第一。

一时间,刘文海的养羊场人来车往,热闹非凡。刘文海挺直了腰板,上了报纸,上了电视……

不久,镇长也不当镇长了,被调到县里的一个重要部门当了一把手。沾镇长的光,我也进了县文化馆,从事专业创作。

一晃,半年过去。

一天,突然想起刘文海,想起他的养羊场。电话打过去,却被告知对方的号码是空号。幸好,手机里还存留着羊村村主任的电话。

电话很快打通了。我说:“是羊村村主任吗?”

那边说:“是呀。你哪位?”

“我是刘文海的同学……”

电话里,没了声。半天,村主任咬牙切齿地说:“刘文海……他个王八蛋!”

“他,他怎么啦?”

村主任说:“刘文海红了以后,人就变了,看我妹妹不顺眼,逼着跟他离婚。我妹妹不肯离,他就下狠手,往死里揍。一天晚上,趁我妹妹睡熟之机,绑了我妹妹的手脚扔到井里……”

我大惊。

挂了电话,我的心情变得格外沉重。我想,刘文海走到现在这个地步,我也是有责任的。也许,我真的不该帮扶他……

瓜　王

小满前后，点瓜种豆。

瓜王从下房端一个笸箩出来时，麦芽扛袋猪草从外面进来。一看瓜王手里的笸箩，麦芽气不打一处来。麦芽把猪草往猪圈里一扔，几步奔过来，夺过笸箩，啪地扔到地上。乌黑油亮的西瓜籽雨点般洒落一地。

瓜王倒退一步："你这是干啥呢？"

麦芽两手叉腰，气势汹汹："不是不让你种瓜吗？你属驴的啊？前年，咱种了两亩瓜，一个子儿没挣着；去年，进城卖瓜，一车西瓜，让城管掀翻……"

瓜王嘟囔："我是瓜王，不种瓜干啥？"

"种你个头！我家表弟的砖场要开工，不是说好让你去帮忙吗？"

"我除了种瓜，啥也不会。"

"不会你不能学？"

瓜王闭了嘴，蹲下身去捡地上的西瓜籽。麦芽拎一把扫帚，哗哗哗，西瓜籽被扫得上下翻飞。麦芽边扫边吼："再敢种瓜，剁了你的爪子！"

几天后，麦芽表弟的砖场要开工，打电话让瓜王过去。麦芽很高兴,收拾行李,送瓜王上了车。

瓜王走了,麦芽的心落了地。可当天晚上表弟打来的电话,把麦芽的心又提溜起来。表弟说:“姐,瓜王呢?我连他个鬼影都没见。”

麦芽赶忙打瓜王的手机,瓜王关机。麦芽摸黑往村头的二蛋家跑。二蛋在城里搞建筑,是个小包工头。电话通了,二蛋说:“人家是瓜王,能来我这里?”二蛋又说:“嫂子你别急,也许人家去了别的工地。一个大男人,还能丢了?”

日子在麦芽的焦灼不安中一天天过去。这天,隔壁的樱桃从城里回来,告诉麦芽说,在镇北的二道洼,有一片西瓜地,从车上看,那个种瓜人怎么看怎么像瓜王……

又喜又恼的麦芽,骑车就往二道洼赶。

好大一片瓜地。瓜叶碧绿,西瓜溜圆。那个种瓜人不是别人,正是瓜王。

看见麦芽,瓜王十分惊诧,搓着两手说:“你……咋来啦?”

“说好给我表弟帮忙,你却躲在这里种起了瓜……我让你种,老娘让你种!”麦芽飞起一脚,踢掉一个瓜;又一脚,蹬烂一个瓜。

瓜王急了,去拦麦芽,可拦不住。麦芽手脚并用,除了踢瓜,还扯瓜藤。

这时,一辆小车停在地头,一个老板模样的男人跑过来。男人挡在麦芽面前,瞪着麦芽吼:“你谁呀?敢来我的瓜地撒野?”

瓜王赔着一脸的笑说:“老板,对不起……她是我家里的。”

老板上下打量着麦芽,一脸严肃地说:“瓜王是我请来的。

他给我种瓜，我们可是签了合同的……”

麦芽愣愣地看着老板。

老板手指朝四周一划拉：“我还告诉你，瓜王把这一片瓜种好了，就能拿这个数。”说着，老板伸手一只手，又扳回一个手指头。

麦芽一撇嘴：“不就四千吗？”

老板说：“后面加个零。”

麦芽不撇嘴了，变成一脸的惊异。

老板说：“瓜王的瓜种得好，工钱自然也高。”

麦芽扭头瞅一眼身边的瓜王。几个月不见，瓜王黑了，瘦了，身上的衣服也好久没洗过的样子……麦芽的心里竟有几分酸楚。

老板又说：“过几天电视台要来瓜地拍个专题片。到时候，瓜王少不了要讲几句话……”

麦芽往瓜王身边靠了靠：“老板，能不能放我家瓜王半天假，我回家帮他拾掇拾掇？”

老板笑了：“假可以放。不过，你得把瓜王精精神神地给我送回来。瓜王得有个瓜王的样……”

瓜地里，瓜香弥漫。

晕城

二孬晕城。

下了班车，出了汽车站，二孬一下子就找不到东南西北了。

看着走出车站的人们各奔东西，二孬像根电线杆，傻傻地杵在汽车站门口，不敢挪窝。

二孬的表哥在城里扎纸货，用二孬的话说，是赚死人钱的。表哥忙不过来，雇二孬进城帮工，开的工钱不低。二孬种惯了地，不想进城，可媳妇不答应。媳妇说："你看看，咱村还有几个人种地？种地能种出几个钱来？你说说，将来俩小子要盖房，要娶媳妇，钱从哪来？"二孬说不过媳妇，便挂了锄头，收拾收拾进了城。没想到，刚下车就迷失了方向。

二孬清楚地记得，表哥在电话里告诉过他地址，很好找的。出了车站，照直往北走，走到丁字路，往东一拐就到。可二孬被绕糊涂了，北在哪？

眼看着汽车站的人都走光了，二孬掮着铺盖卷儿拦下一个打扫卫生的女人说："大姐，北在哪？"

女人一愣，一时摸不着头脑："北？什么北啊？"

二孬东南西北地乱指一通说："就是汽车站的北边……"

"哦，你找不着北了？"女人"扑哧"一笑，用手朝前一指，"那不是北？”

二孬说声谢谢，顺着女人指点的方向走去。

走啊走，也不知道走了多久，表哥说的那个丁字路始终没有出现。二孬感觉不对劲，赶忙停下了脚步。是那个打扫卫生的女人错指了方向？看她慈眉善目的，应该不会。二孬抬眼瞅瞅，见前面的路还很长……兴许是还没有走到头吧？这么想着，二孬颠一下肩头的铺盖卷儿，继续朝前走……

总算走到了头。二孬抬头一看，傻眼了。前面是汽车站。咋又转回来了？

二孬刚卸下铺盖卷儿，一个女人笑眯眯地迎过来说：“兄弟，是回村的吧？我认得你。早晨，你就是坐我们的班车进的城……车要开了，我帮你上车。”

二孬一想，今天怕是找不着表哥了，回就回吧。

奇怪的是，班车一出城，二孬的脑子就转过弯来。城在北，村在南。班车这不一路向南吗？

日头蹲在西山顶时，二孬扛着铺盖卷儿灰头土脸地进了门。媳妇刚从地里回来，看见二孬，惊讶地说：“你不是进城了吗？咋回来了？”

二孬“嗵”地扔下铺盖卷儿，灰着一张脸说：“我晕城……转了半天，也没找到表哥……”

媳妇的脸拉得比驴脸还长，媳妇说：“啥？晕城？离开巴掌大个小山村就找不到北啦？瞧你那点儿出息……也罢，我姨在镇上开饺子馆雇人手，你就安安心心种你的地吧，我去打工……”

二孬一下子慌了。二孬最不放心女人出门打工了。村里的皮豆媳妇，还有六毛媳妇，不都是因为出门打工和自家男人闹腾得差点儿离了婚吗？二孬赶忙说："还是我去吧。"

媳妇说："你不晕城吗？"

二孬说："明天，兴许就不晕了。"

于是，第二天一早，二孬搭班车又一次进了城。

傍晚，二孬媳妇吆鸡上了架，撵猪进了圈，刚进屋，家里的电话响了。二孬媳妇以为是二孬报平安的，没想到，打来电话的是二孬的表哥。表哥说："二孬兄弟咋回事？说好昨天进城的，咋今天还不来？"

二孬媳妇的心一下子提溜到嗓子眼："二孬他进城了呀……昨天进了一次，没找着你，今天一早又进城了……"

表哥说："在哪？我到现在也没见他的鬼影……我住的地方很好找，他咋就找不到呢？弟妹，二孬到底咋回事啊？"

二孬媳妇的眼泪"哗"地淌下来："二孬他说……他晕城……"

雨 还 在 下

哗，一道闪电；轰，一个响雷。

暴雨倾盆，天地间混沌一片……

老大扑腾腾地坐起来，心儿也跟着扑腾腾地跳。老大拉亮灯，推推身边的媳妇。媳妇一骨碌爬起来，睡眼蒙眬：“咋？屋里进水了？”

老大说：“我是担心咱爹咱娘……”

“说梦话吧？”媳妇缩缩身子，“爹娘不是住在咱家吗？咱住的可是爹娘的老屋。要塌，也是这里塌。咱那屋，结实着呢！”

老大和媳妇是三天前从城里的工地上回来的，收完秋就走。他们常年不在家，就把房子留给了爹娘住。老大和媳妇回来那天，爹娘是要腾出房子来的，可老大不让。老大知道，今年雨水多，老屋不牢靠……

老大说：“咱那屋结实归结实，可那边地势低，万一进了水，不是闹着玩的……”

“门前有土埂，屋后有排水……哪能呢？”媳妇拉灭灯，“睡吧，睡吧。”

哗，一道闪电；轰，一个响雷。

暴雨倾盆，天地间混沌一片……

老大扑腾腾地坐起来，心儿也跟着扑腾腾地跳。这回，媳妇没用推，也跟着坐起来。

媳妇嘟嘟囔囔地说：“你到底折腾个啥？还让不让人睡觉？”

“我还是不放心……”老大说，“咱爹咱娘都七十多岁的人了，屋里一旦进了水，跑又跑不得……”

媳妇说：“要不，你去看看？”

“嗯，看看。”老大说着，麻利地穿衣，下地。

“把我一个人撇屋里？”媳妇说，“我也去！”

穿好雨衣，摁亮手电。老大和媳妇拧开门，一头扎进暴雨里。

哗,一道闪电;轰,一个响雷。

暴雨倾盆,天地间混沌一片……

老大和媳妇跌跌撞撞地来到自家门前。一切安好。老大不放心,屋前屋后转了个遍,也没发现一丝隐患。

媳妇说:“我说没事,你偏不信。这回放心了吧?”

老大笑笑:“回吧?”

媳妇说:“回!”

老大和媳妇磕磕绊绊地原路返回。刚到院门口,眼前的一幕就把他们惊呆了——

屋子塌了……

老大和媳妇紧紧地相拥在一起,脸上淌着的,不知是雨水,还是泪水……

哗,一道闪电;轰,一个响雷。

雨还在下……

坐　席

二哥结婚那天,三姨夫大老远地从城里赶了过来。他是来坐席的。

三姨夫平时很少来我们家,见过他的人不多。有人问父亲:“这谁呀?挺体面的。”父亲说:“是咱三连襟,叫建民,在化肥厂上班呢。”

三姨夫春风满面,很潇洒地又抛了一圈烟。从进门到现在,三姨夫已经抛空了三个纸烟盒子。

人们抽着三姨夫的烟,嘴里啧啧有声:“有个端铁饭碗的亲戚,就是好。”

快晌午的时候,随着一阵“噼噼啪啪”的鞭炮声,迎亲的马车回来了。人们自动闪出一条道,马车就停在我家院子里。车辕落地,该新娘下车了。可二嫂像钉在了车上,迟迟不肯挪窝。人们恍然醒悟过来,新娘这是要落轿钱呢。新娘要落轿钱是我们这儿的乡俗,随意给,三块五块不少,十块八块不多。

父亲和母亲许是忙昏了头,把这茬给忘了。母亲急得直搓手,翻箱倒柜才凑了三块钱。

这时,一旁喝茶的三姨夫站起来,从屁股兜里掏出个钱包,抽出十块钱给母亲。母亲压低了声音说:“添两块就好。”

三姨夫把钱塞给母亲,很大气地说:“大姐,这可是场面上的事,甭让人看低啦!”

要安席了。

我家亲戚不多,加上村里来帮忙的,刚好够三桌。炕上一桌,是主席,坐着大姨夫、大舅二舅和二姑夫。三姨夫也该上炕坐席的,可三姨夫死活不肯上炕。大姨夫说:“咋?怕沾了我们的土气?”

三姨夫的脸“腾”地红了。三姨夫连连摆手说:“哪里,哪里?在家吃饭坐惯了凳子,上炕盘不来腿。”

大姨夫说:“你进城当工人不就五年吗?这么快就忘本啦?”

三姨夫瞅一眼脚上的翻毛皮鞋，还是不肯上炕。

大舅忙打圆场说：“既然建民不肯上炕，那就罚酒三杯吧。”

三姨夫块头大，也能喝，拿起一瓶酒，砰地打开，嘴对嘴儿“咕咚咕咚”灌下去大半瓶，看得众人张大了嘴巴。

二哥二嫂来敬酒，三姨夫一连喝了好几杯，舌头都僵了，还说：“外甥结婚，我这当姨夫的高兴，喝少了没诚意……”

夕阳搁在西山顶时，酒席才散了场。

那天，三姨夫醉了。

父亲把三姨夫扶到下房。三姨夫睡得很沉，还扯起了响亮的呼噜。安顿好三姨夫，父亲的目光落在三姨夫的翻毛皮鞋上。翻毛皮鞋穿着牛气，可穿着睡觉就不舒坦了。父亲自作主张地解开鞋带，把三姨夫的一只翻毛皮鞋脱下来……

那一刻，父亲呆住了——三姨夫的袜子破了好几个洞，几个脚趾头都伸到了外面……

父亲讪讪地回屋，把刚才看到的跟母亲说了。

母亲长叹一口气，好半天不吭声。

后来，母亲说：“建民虽说端着铁饭碗，挣公家的钱，可他既要供爹供娘，还要养着三个小子……也难哩！”

父亲悄悄地返回下房，趁着三姨夫还未醒，把翻毛皮鞋重新穿在三姨夫的脚上……

一轮满月

日头坠入西山背后，天慢慢地暗下来。

七婶撵鸡上了架，吆猪进了圈，正要转身回屋，院外响起“啪啪”的拍门声。七婶打开门，就见儿子宝儿风尘仆仆地一步跨进来。七婶一愣，说：“宝儿，是你？咋回来了？”

宝儿看看身后，随手关上院门说：“工地临时放假。想妈了，就回来看看。顺便带几件衣服……”

进了屋，七婶忙着烧火做饭。宝儿一头扎进里间屋，翻箱倒柜地找衣服，单的、棉的，一股脑儿塞进一个提包里。

七婶做好了饭，是宝儿爱吃的鸡蛋面。七婶把饭端进里间屋，捞了满满一大碗给宝儿。宝儿捧了碗，“呼噜呼噜”地吃得山响。

两大碗鸡蛋面下了肚，宝儿打了个响亮的饱嗝说：“妈，我困了，想睡一会儿。”

本来有话要说的七婶闭了嘴，知趣地退出来，轻轻地关上了门。瞅一眼直挺挺躺下去的宝儿，七婶想了想，一抬手把门给插上了。

村里有狗的叫声传来，高高低低……

七婶就宝儿一个儿子。本来，七婶指望着宝儿也考个大学，可宝儿不是那块料，高中没毕业，说啥也不肯再进校门了。去年，宝儿跟着村里人进城去打工，干了一年，坐车回家时，钱被人偷了。今年春节刚过，宝儿又要走，七婶拦也拦不住。宝儿说，他一定要挣到钱，把去年的损失掰回来……

想着这些事儿，七婶就叹了一口气，迷迷糊糊打起了盹儿……

不知过了多久，宝儿的敲门声惊醒了七婶。"妈，开门呀，你插门干啥？"宝儿的脸贴着玻璃喊。

七婶没动。七婶说："宝儿，去自首吧。"

宝儿一个激灵，扭歪了脸说："自首？自啥首呀？妈，你做梦了吧？"

七婶下了地，目光冷冷的，能把人冻住了。七婶说："别瞒妈了，妈啥都知道了。前天，警察来过咱家，说你和人在工地附近拦路抢劫，还伤了人……"

宝儿的脸更歪了。

"宝儿，你好糊涂啊，你咋干出这种事来？十来年的书白念啦？"

宝儿的目光有些飘移，嘟哝着说："我就想把损失掰回来……"

"掰你个头！你这是瞎掰啊你！"有泪在七婶的眼眶里转悠，"宝儿，去自首吧。警察说了，你不是主犯，只要主动去自首，人家会从轻发落的。"

"我不去……我要逃得远远的……"

"逃？你能逃到哪里去？你愿意过这种东躲西藏的日子吗？你愿意让妈跟着你提心吊胆过一辈子吗？"

宝儿的眼泪“哗哗”地往下淌。

七婶走过来，手扶门框，看着对面的宝儿说：“听妈一句话，自首吧。你还小，虚岁才二十，现在回头还来得及……”

宝儿抹一把眼泪：“妈，我听你的，我去自首……”

七婶开了门，帮宝儿擦去脸上的泪，然后找一件衣服给宝儿穿上。宝儿说：“妈，这么晚了，咱上哪？”

“进城！”

“现在？”宝儿不想走，身子往后缩，“明天一早不行吗？”

“不行！”七婶一脸坚决地说，“妈陪你去自首……咱娘俩边走边唠，天明也就进城了。”

七婶和宝儿一前一后出了门。

是农历的十五，风细细地吹着，东天边，一轮满月升起来……

爷爷的小草驴

我爷爷有一头小草驴，黑毛，白嘴，是我爷爷给地主沈万财扛了三年活儿挣来的。这头驴乖巧温驯，干活不惜力，深得我爷爷的宠爱。

那是一个飘雪的夜晚，我爷爷给他的小草驴添完草料，正要回屋，院门“嗵嗵”地被人敲响。我爷爷打开门，就见雪地里站着个要饭的男人。

要饭的吸溜着鼻子对我爷爷说："大哥，今晚雪大，没地方住，能不能借你家柴房将就一晚？"

我爷爷呵呵一笑说："住柴房干吗？你找我老三，算是找对人了。我家偏房也闲着，要住，就住偏房。"

"谢啦谢啦。"要饭的哈着腰，小跑着进了门。

第二天，鸡叫过三遍，我爷爷就起了床。我爷爷起床后的第一件事，就是到驴圈里看一眼他的小草驴。每次看到驴，我爷爷的心就特别爽。可这次，我爷爷的一条腿刚迈进驴圈，一声惊叫就惊飞了一只野鸽子……

我爷爷的小草驴不见了！

我爷爷预感到了什么，折身冲出驴圈，一头扎进偏房里。屋里空荡荡的，要饭的也早没了踪影。

傻子都知道，是那个要饭的偷了我爷爷的小草驴。我奶奶说："老三，你这是引狼入室呀。"

我爷爷瞅一眼正在飘飞着的雪花，突然嘿嘿地笑了。我爷爷知道，他的小草驴认生，外人想牵走也不是件容易的事。我爷爷对我奶奶说："放心，咱的小草驴不会走远，我撵回来就是。"

我爷爷找根麻绳，往腰间一扎，提根短棒就出了门。

一气追出五里地，我爷爷就追上了那个要饭的。果不出所料，驴是被他牵走的。这会儿，那头小草驴正摇头扭腚地跟要饭的挣呢。看见我爷爷，小草驴"咴儿咴儿"地叫得欢快。

我爷爷几步蹿上去，一拳头就揍翻了要饭的。我爷爷夺过驴缰绳，压着满腔怒火说："老子好心好意地留你住一晚，你倒好，恩将仇报，偷走老子的驴……良心被狗啃了？"

要饭的没一丝儿愧疚，抹一把嘴角渗出的血，翻着白眼说："知道不？你的女人……原来是我的……"

我爷爷倒退几步，愣了，呆了。

我奶奶是我爷爷捡来的。那年，我爷爷到山里换谷种，回来的路上，见一个女人蹲在一棵槐树下，捂着脸哭，伤心欲绝的样子。一根绳子，一头搭在槐树的枝丫上，绳套儿在晚风中摇来晃去……我爷爷就把女人领回了家。后来，这个女人就成了我奶奶……

要饭的说："我瞄上你家的小草驴，不是一天两天了……不牵走你的驴，我难受……"

那天，我爷爷是空着两手回的家……

我奶奶表现出十二分的惊诧。我奶奶说："没撵上？"

我爷爷说："没撵上。"

我奶奶说："不会吧？"

我爷爷说："就会。"

我奶奶哭了："那头小草驴，可是咱的全部家当呀……"

我爷爷狠狠拧一锅旱烟："立罢春，大不了再到沈万财家扛上三年活，再挣一头小草驴……"

乡村鱼事

大寒在村头的公路边开了个农家鱼馆,生意很是兴隆。

因为每天要用不少新鲜的鱼,大寒就在鱼馆门前砌了个敞口的大水池。水池里注满了水,养鱼人送来的鱼都投放进水池里。大寒要用鱼了,就去捞几条,方便得很。

可最近一段时间,大寒发现,水池里的鱼隔三岔五的就会丢一条,而且都在晚上丢。大寒就找个盖把水池盖上,还加了把锁,可鱼还是照丢不误。一条鱼虽说不值几个钱,可这事让大寒很窝火。

很窝火的大寒打定主意,一定要把这个偷鱼的人揪出来。

以前,鱼馆打烊后,大寒把卷帘门一拉,就和媳妇回了家。有了这个想法后,大寒不回家了,他要守夜。大寒在鱼馆靠窗的地方支了张床,晚上就睡在上面。可一连守了三个晚上,也没丢一条鱼。媳妇说:“别守啦,不就一条鱼吗？不值当!”

大寒说:“你懂个屁！这单单是一条鱼的事吗?”

大寒不听媳妇的,他只想知道那个偷鱼的人到底是谁。

这天晚上,已过了下半夜,月牙儿也西沉了,迷迷糊糊中的大寒,突然听到外面“哗啦哗啦”的搅水声。大寒一激灵,翻身坐起,瞪着两眼往外一看,就见一个人正趴在水池边上,撅着屁股在捉鱼，弄得水花四溅。

大寒下了床，挪到门边，正要拉开门冲出去，可转念一想，便停下了脚步。大寒想，都一个村里住着，低头不见抬头见，该给对方留点脸面才是。

直到那人捉到一条鱼，装进编织袋，转身离开的时候，大寒才轻手轻脚地撵出门去。

那人进了村。大寒也随后进了村。

村里，立时响起一片狗叫声。

那人穿过一条窄窄的村巷，左拐右拐，然后朝村西奔去。走几步，那人还回头瞅瞅身后，很谨慎的样子。

很快就来到村西头。直到这时，大寒才认清了那人，竟是村里的大哑巴。

大哑巴从小死了爹娘，三十多岁了，还光棍一条，就住在村西头爹娘留下的一间破土窑里。大哑巴的日子过得凄惶，常常饥一顿饱一顿，赶上饭点，村里人就给他端一碗饭吃……

大寒站下了，媳妇说得对，不就一条鱼吗？权当做善事了。

大寒正要折身往回返，就见大哑巴没进自家的院门，而是大步朝隔壁的破土屋走去。

大寒看见，大哑巴推开那扇破败不堪的院门，小心地把鱼挂在里面的门闩上，然后小心地退出来，再把院门轻轻地关上……

那一刻，大寒的脸颊火烧火燎地烫，就像被人重重抽了一巴掌……

第二天中午，等客人散尽，大寒精心做了一条红烧鲤鱼拎着出了门。

大寒径直来到村西头那间破土屋门前。有多久没来过这里了？一年？或者两年？大寒也说不清楚。大寒低着头，情绪复杂地推开屋门，边进屋边说："娘，儿子来看你了……"

从此，大寒水池里的鱼再没丢过一条。

人们看到，大寒鱼馆门前的藤椅上，时常端坐着一个笑眯眯的老太太……

乡 村 牛 事

五哥的牛丢了。

早上，五哥起来去牵牛，可牛栏里没有牛，只留半截牛缰绳。五哥五嫂找了一整天没找到，就去派出所报了案。一个星期后，派出所打来电话，说牛找到了，让五哥前去认领。

第二天一早，五哥就去了派出所，直到日头正午的时候，五哥才一头大汗地从派出所回来。

五哥刚进门，五嫂就问："老五，牛呢？咱家的牛呢？"

五哥舀一瓢水，"咕咚咕咚"地灌下去，抬手抹抹嘴巴说："在派出所里……"

五嫂说："你咋不牵回来？"

五哥说："派出所说要开个庆功会，要我开会那天再去牵。听说县公安局要来，各乡派出所要来，电视台也要来……"

五嫂不高兴了，耷拉着脸说：“不就追回头牛吗？这也是他们分内的事儿，还开啥庆功会？派出所没事找事，真能扯淡！”

五哥把瓢往缸里一丢，“啪”地溅起一串水花。五哥梗着脖子说：“说啥话呢？咱家的牛丢了好几天找不到，要不是人家派出所帮忙，骨头都熬油了。人家开个庆功会，一来给派出所壮壮脸儿，二来给那些不干正事的人敲敲警钟，有啥不好？”

五嫂想想也是这么个理儿，就说：“那庆功会……啥时开？”

五哥摇摇头：“这倒没说，好像要等县公安局的消息。不过，派出所留了咱家的电话，说啥时开会就打电话通知我……从今天起，我就不下地了，在家等电话哩。”

“那你等吧。”

五哥挪来下房那把木头椅子，搁到家里的电话机旁，往上面一坐，一心一意地等起电话来。

两天过去了，电话没响；六天过去了，电话哑着。五哥坐不住了，瞅着电话自言自语地说，怪，这电话咋不响呢？

这天中午，正在烧饭的五嫂突然问五哥：“老五，你那天去派出所认牛，见没见派出所的人割草啊？”

“割草？”五哥一下子没反应过来，挠挠头说，“你这话不靠谱，派出所的人割啥草啊？”

五嫂说：“你猪脑子啊，咱家的牛又不是拖拉机，哪顿不吃草？”

经五嫂这么一说，五哥慌了。对呀，都七八天了，牛吃啥呢？他家的那头牛嘴刁，吃草也是挑三拣四的，五嫂说那全是他给惯下的臭毛病。那天，五哥去认牛的时候也看到了，他家的牛就拴在派出所后面的大院里，里面空荡荡的，别说是草，连根鸟毛都没一根。五哥哧溜下了地，说："不行，我得去看看。"

于是，五哥午饭也没吃，拎把镰刀就出了门。

出村不远，迎面碰上了村主任。村主任站下，抹把头上的汗说："老五，这热死人的天，你拎把镰刀干啥去？"

五哥说："我家的牛在派出所都七八天了，不知吃啥，也不知道能不能吃饱，我得割捆青草去喂喂……"

村主任从腰里拽出一根牛缰绳说："老五，你不用去了，我刚从派出所回来，你家的牛前天晚上就死了……你看，我给你带回来牛缰绳。"

五哥傻了眼，两腿一软，一屁股坐到地上。

村主任说："老五，你没事吧？"

五哥大嘴一咧，哭出声来："牛啊，我的牛……"

"哭哭，哭个球啊！"村主任抬腿踹了五哥一脚。

五哥揉揉被村主任踹疼的屁股，抹把泪，慢腾腾地从地上挪起来。

村主任从口袋里掏出一沓钱，"哗哗"地甩两下，说："这是派出所赔你的牛钱。你知道是多少吗？妈的，整三千块哩！"

五哥傻傻地看着村主任。村主任又说："就你家那头烂蹄子牛，别说三千，两千块都没人要。嘿嘿，多亏这是公家的事儿……老五，你就偷着乐吧！"

五哥却怎么也乐不起来。

头顶的日头，火球般燃烧……

乡 村 鸡 事

孬人媳妇看着贴在墙上的一张年画发呆。年画是过年的时候贴上去的，落了不少的灰尘，却掩盖不住那只引颈打鸣的大红公鸡。看着这只公鸡，孬人媳妇就想起那肥肥的鸡肉。有多久没吃过鸡肉了？孬人媳妇说不清，反正她正一口一口地咽口水呢。“我想吃鸡肉……”孬人媳妇终于说。

孬人这会儿正四仰八叉地躺在炕上。别人都忙着翻地，他才懒得受那份罪呢。孬人听媳妇说想吃鸡肉，哽儿也不打地说：“天黑，我给你逮一只就是。”

孬人说的逮，就是偷。孬人懒，媳妇馋，那可是绝配的一对。村里家家户户都养鸡，可孬人家的院子里干净得连根鸡毛都没有……

离天黑还早，孬人闲得无聊，摸出喝剩的半瓶酒，再夹个咸菜疙瘩，一口酒一口菜地喝起来。

天刚擦黑，孬人晃晃荡荡出了门。从村东到村西，就一个圈儿，等他再迈进家门时，手里便多了只下蛋的母鸡。

“哇，好大好肥哦！”孬人媳妇接了鸡，一张脸笑成鸡冠花，“谁家的？”

孬人脱鞋上炕，板着脸说：“整你的鸡！”

这时的孬人媳妇，表现出少有的勤快，从烧水、褪毛、开膛、剁块，到下锅，一气呵成，那叫个干净利落！

那一夜，孬人和媳妇是打着鸡肉的饱嗝进入梦乡的……

第二天，日上三竿，孬人才懒懒地起了床。准确地说，孬人是被一泡尿憋醒的。孬人扫一圈屋里，一脚踹在睡得死猪样的媳妇屁股上："那堆鸡骨头呢？"

媳妇一激灵，醒了，揉揉眼说："扔了，昨晚上茅房时就扔外面的灰堆上啦，咋啦？"

"你个猪脑壳！"孬人骂一句，趿拉着鞋出了门。还好，灰堆上不见鸡骨头，想必是让哪家的狗叼走了吧？

孬人撒完尿，打个尿哆嗦，刚提起裤子，就见俩小伙站在面前。

俩小伙是亲兄弟，哥叫大棒，弟叫二棒，都是俩愣头青。大棒揩一下鼻子，凶巴巴说："你偷了我奶的鸡？"

孬人一怔，半天才反应过来，翻着白眼儿说："捉奸要双，擒贼要赃。你说我偷了你奶的鸡，有证据不？"

大棒旁边的二棒变戏法似的从背后拎出个塑料袋，里面是一堆啃得光溜溜的鸡骨头。孬人傻了眼。二棒一扬手，鸡骨头就掼在孬人的脸上。二棒说："你家有鸡吗？这鸡骨头……哪来的？"

大棒往前一步："说呀，哪来的？"

孬人孬了。

"我叫你偷！"大棒力大，抬手就是一拳。

孬人没防备，一下子坐到灰堆上。

"弄不死你……"大棒二棒抬腿就踹。

这时，二奶奶来了，手里的拐棍挡住了哥俩的腿。二奶奶铁青着脸对俩孙子说："咋打人呢？"

大棒扭着牛一样的脖子说："奶，你不说丢了一只鸡吗？就他偷的！"

二棒帮腔说："对，我们还在他家灰堆上找着了鸡骨头哩……"

二奶奶说："奶是丢了一只鸡，可又回来啦……"

"真的假的？"

"混账东西，连奶奶的话都不信？"二奶奶手里的拐棍举起来，"滚！"

大棒二棒嘟嘟囔囔地走远了。

二奶奶扶起灰扑扑的孬人，帮他拍拍身上的尘土。孬人低着头说："二奶奶，你家的鸡……是我偷的……"

"我知道，我知道。"二奶奶说，"刚才二奶奶要是不那样说，我那俩倔孙子能饶得了你？孬人啊，你和媳妇都年轻，不缺手不缺腿的，站起来和别人一般高，躺下和别人一般长，不该把日子过得这般凄惶……"

孬人哭了，大嘴咧成个瓢……

夏　天

转眼就是夏天,天愈来愈热。

那天,父亲正在清扫猪栏,一辆拉猪车"突突突"地停在我家的养猪场前。

车门打开,从里面跳下来一个矮胖子。矮胖子绕猪栏转一圈儿,再转一圈儿,然后掏出烟,抛一支给父亲说:"大哥,你这猪该出栏了。"

父亲接了烟,夹在耳朵上说:"是该出栏了……"

矮胖子盯着猪栏里滚瓜溜圆的十几头大肥猪说:"大哥,我出个好价钱,你把猪卖给我,行不?"

父亲摆摆手:"不行啊,我这猪已经卖给了别人,都收了人家定钱的。"

"卖给了谁?"

"镇上卖肉的屠户老刘,外号叫刘瘸子。"

"他呀?"矮胖子嘿嘿地笑了,"大哥,老刘他买不成你的猪了……"

父亲一愣:"你这话……咋讲?"

"半个月前,老刘出门拉猪,被一辆大货车给撞了……本来腿就瘸,这下更瘸了。能不能站起来,还难说呢。"

父亲有点犯傻。半天，回过神来的父亲问："你知道他在哪家医院吗？"

矮胖子的嘴一撇："他又不是我爹……我哪知道？"

父亲直愣愣地看着矮胖子。

矮胖子讪笑："大哥，你问这干啥？该不是找他退定钱吧？"

"你说呢？"父亲抬起一只手，指指天，再指指地，弄得矮胖子一头雾水。

那一晚，父亲翻来覆去睡不着觉。好不容易熬到天亮，父亲揣了一千块钱要出门。

母亲知道父亲要干什么，也知道父亲的脾气，知道拦是拦不住的，就说："你是去找老刘退那一千块钱的吧？叫我说，这钱退也成，不退也成。"

父亲说："话是这么说，可人家要不是出了车祸，能不来拉咱的猪？"

母亲退一步说："就算退，城里医院那么多，你上哪找他去？栏里的猪就不管啦？"

"家里不是还有你吗？"父亲的一条腿已跨出门外，"我一家一家地找，就不信找不到他……"

父亲说得轻松，可真的找起来，也不是件容易的事。县城虽说不大，可大大小小的医院也有十几家。父亲跑了三天，跑出几身的臭汗，也只跑了四家医院。

那天，回到家的父亲，浑身的骨头像散了架。母亲端来饭菜，有意挖苦父亲："明天还找不？要不要我给你备点干粮啥的？"

父亲端起碗，扒一口饭菜，腮帮子一鼓一鼓地说："找，咋不找？明天我不坐中巴了，我骑自行车去，图个方便……嗯，我再找几天，找不到，我就不回来。”

县城离我们村五十里路。第二天天不亮，父亲就骑着那辆“稀里哗啦”的自行车出了门。

天不作美。刚进县城，突然下起了瓢泼大雨。父亲给一辆摩托车让道时，车轱辘撞到栏杆上，车子一歪，重重地摔倒在地。这一跤摔得不轻，父亲的额头磕开一条半寸长的口子，到医院缝了两针……

傍晚，父亲是一路歪斜进的家门。

一看父亲的熊样，母亲可就没好脸色了。母亲说：“找找找，你这不是找死吗？不就一千块钱吗？非得急着现在退，晚退几天就不成？你看你，这一跤摔得……”

父亲咧嘴一笑说：“我这一跤，摔得值啊……”

“狗屁！八成连脑子也摔坏了吧？”

父亲说：“找他几天找不到，不找了，反倒撞上了呢……”

父亲又说：“你知道我在医院里见到谁了？哈哈，我见到老刘啦！总算把那一千块还给了人家……”

说这话时，父亲笑成了弥勒佛……

媳 妇 跳 井

媳妇跳井了。

媳妇的名字叫豆花。豆花是麦根的媳妇。

麦根在城里打工。麦收时节，是豆花左一个电话右一个电话把麦根叫回家的。豆花说，你要不回来，我就让麦子烂在地里。于是麦根就回了家。麦根到家的第二天一早，媳妇就跳井了。

好在，井水不深，麦根撵得紧，豆花只是磕破了头，灌了几口井水而已。

众人七手八脚地帮麦根把豆花抬回了家。

邻居二秋问麦根："好端端的，豆花咋跳井呢？是你欺负她了？"

麦根说："我没有。"

"没有她跳啥井啊？豆花妈的厉害你不是不知道，你这是没事找事。"

麦根说："我没找事，是她找事。"

二秋走了。麦根蹲在门槛上，闷着头抽烟，一支接一支。

日头一步一步往上走……

小半晌的时候，豆花妈就上了门。

豆花妈进门的时候，麦根妈正给豆花赔礼道歉，一个劲儿地说好话呢。看见豆花妈，麦根妈忙堆了一脸的笑说："哟，亲家来了。”

豆花妈嘴角一撇，话里带刺说：“我再不来，怕是见不到我闺女了。”

麦根妈手扶着炕沿挪过来说：“亲家，都怨我不好……你心里有气，就骂我这个老不死的吧。”

麦根插嘴说：“妈，这事不怨你……”

“怨我？怨我没把闺女教育好？”豆花妈铁青着脸说，“麦根你说，到底咋回事？”

麦根说：“妈，你就别问了……”

豆花妈“啪”地一拍炕沿说：“屁话！我闺女都跳了井了，你不让我问？豆花她就是死，也该死个明白吧？到底咋回事？你说呀！”

麦根只好实话实说。昨天，麦根请假从工地回来，搭车时，看见有人卖磁疗背心，专治腰痛的。麦根妈腰痛多年了，直不起身来，虾米似的，麦根就花一百块钱买了一件。可到家后，豆花又哭又闹，还操起剪刀，嚓嚓嚓，剪烂了背心。麦根一气之下打了豆花，豆花就跳了井……

“就这事？”

“就这事。”麦根说，“不信，你问豆花。”

豆花妈的脸由青变白，再由白变红。豆花妈一把拉起豆花的手说：“走！”

麦根急了，一步挡在门口说：“妈，不能让豆花走……地里的麦子熟了，要开镰，我只请了两天的假……”

豆花妈冲着麦根一瞪眼：“闪开！”

麦根乖乖地退到一边。

豆花妈拉着豆花出了门。麦根家的院子外也有一口井，井深，水咸，就那么盖着。豆花妈拉着豆花来到井边。豆花狐疑地说："妈……你干啥？"

豆花妈弯腰揭开井盖，用手一指黑洞洞的井口对豆花说："豆花，你不是爱跳井吗？妈成全你。你跳吧，没人拦着你……"

豆花退后一步："妈……"

豆花妈喊："有种你跳啊！"

豆花哭了："妈……"

"别叫我妈，我丢不起这个人啊……"

说这话时，豆花妈的眼里也分明淌出了泪水……

送　羊

我和母亲赶着羊群出村时，日头就要坠到西山背后了。

下午，镇肉食站的王站长在我们村收了四十只羊，我们村在山旮旯里，拉羊的车进不来，王站长就想从我们村雇个人往山外送羊。送一只羊两毛钱，四十只就是八块钱。母亲好不容易争来这份差事，忙喊来刚刚放学的我，让我和她一块儿往山外送羊。

路上，母亲对我说："等把羊送到山外，挣了钱，妈就扯几尺布，给你缝个新书包。"我抿嘴笑，撵羊的劲头更足了。

四十只羊挨挨挤挤，刷刷地往山外走。出村不远，从对面的山坡上围过来一群羊。母亲担心两群羊混在一起，叫我盯紧点。

原来，那群羊是母亲娘家村的，放羊人是母亲的六叔，我叫他六姥爷。隔老远，六姥爷就冲母亲打招呼：“是凤英啊，给肉食站送羊？”

母亲说：“是啊是啊，六叔还没回？”

六姥爷把羊群撵到一边，拎着羊铲踱过来，看着我们送的羊说：“凤英，叔跟你商量个事儿。”

母亲笑笑：“六叔你说。”

六姥爷把羊铲戳到地上说：“叔有十只羊，个头小，下的羔也少，想跟你送的羊调换几只。”

母亲愣了，随即摇摇头说：“不行吧？叔你看，我送的羊人家都涂了抹子的呀。”

六姥爷弯腰逮住一只羊，用手捏了捏羊背上的抹子，然后直起腰，从口袋里摸出个小铁盒，得意地说：“抹子是油漆的，叔也有。叔把羊涂上抹子就是，保准不会出事。嘿嘿。”

母亲没辙了。想了半天，母亲又说：“叔，我送羊可是挣了人家钱的呀，咱咋能干这事？”

“羊不是公家的吗？要是你自家的，叔提也不提。公家的便宜，不占白不占。”

母亲为难极了。六姥爷又说：“叔也不白求你。这样吧，调换一只，叔再给你两毛钱。”

母亲的眼泪都快下来了。我想，是我给母亲解围的时候了。我抡起鞭子，不管三七二十一，噼噼啪啪，一顿猛抽。羊群受了惊，你追我赶，蜂拥着朝前冲去。我和母亲紧撵着羊群，听不清六姥爷在背后嚷嚷什么。

出了山外，天已黑透。十几里山路，走得我两腿酸软，肚子也咕咕地叫起来。

王站长早已等在村口，见我们到来，忙把我们领到村头的一个大院门口。门楼上吊一盏大汽灯，贼亮贼亮的。一辆拉羊车就停在一旁。王站长对母亲说：“大姐，你们娘俩先歇个脚，等我们装完羊，就给你钱。”母亲点点头，拉着我坐到旁边的一块石头上。

几个村里人帮着往车上装羊。奇怪的是，每抓到一只羊，临上车前，王站长总要猫下腰，拿手电照照羊肚子，然后再送到车上去。我悄悄问母亲：“他照啥呢？”母亲摇摇头说：“我也不知道。”

四十只羊就要装完了。母亲凑过去说：“王站长，你刚才照啥呢？”

王站长不说话，提起一只羊腿让母亲看。母亲呆了。

王站长说：“是这样的。去年，我也从山里收了几十只羊，也是雇人送到这里的，等回到食品站才发现，有一半的羊被人半道上调了包，大的换成小的，肥的换成瘦的……所以，下午在你们村收羊时，我除了在羊背上涂个抹子，还在羊肚子上加了个抹子……我这么做也是以防万一，并不针对大姐呀。”

好悬啊。我和母亲相视一笑。

王站长掏出十块钱说：“大姐拿着，这是你的工钱。过年我要是还去你们村收羊的话，仍雇你。”

母亲掏遍口袋，只掏出一块钱。母亲尴尬地搓着手说：“我零钱不够，王站长就给八块吧。”

王站长说：“不用找，拿着吧。多出的两块钱，送孩子吧。”

母亲不安地说：“那咋成啊？”

王站长伸手摸摸我的头：“小家伙，饿坏了吧？走，到屋里吃饭去!”

母亲赶忙说:“不了不了,我们这就回去。”

王站长不让,拉着我的手朝屋里走。饭是莜面鱼鱼,我平时吃不到的好东西,我那个香啊,一气吃下两大碗。

往回走的路上,母亲在后我在前。头顶,是又圆又大的月亮,可我觉得,那是一轮红月亮……

手　机

小宝给娘买了个手机,托村里的四国捎给娘。

娘拿到手机后,就给小宝打了个电话。娘说的第一句话,就是问小宝那个手机贵不?花了多少钱?小宝知道,娘节俭,不让他乱花钱。小宝就说:“不贵不贵,那款手机搞活动,就120块。”

可娘还是有点心疼。娘说:“120块还不贵?娘一个乡下老太太,要手机干啥?有事到小卖部打个电话就成。你在工地挣俩钱也不容易,可不能大手大脚地乱花。”

小宝说:“到小卖部打电话多不方便呀……有了手机,您不管在家里,还是下地干活,随时都能跟我说个话。就算半夜想我了,睡不着,您也能和我唠个嗑。娘,您就把手机当成您儿子小宝吧……”

娘就呵呵地笑了。

从此,小宝隔三岔五就和娘通个电话。电话里,小宝和娘说工地上的事，也说工友们的事。娘呢？也不闲着，说说院里的鸡呀猪呀，还有菜园子里的青菜、地里的庄稼……

这天，工地上下着雨，哗哗啦啦。小宝躺在工棚里，闲得无聊，就拨通了娘的手机。小宝刚说了几句，娘就打断小宝的话头说："小宝，以后没啥要紧事就不要给娘打电话了，打了娘也不接……"

小宝一愣："为啥？"

娘说："娘听邻居说，打长途话费贵，一分钟要一块哩……咱不花那个冤枉钱。"

小宝说："不就打个电话吗？能花几个钱？"

娘不高兴了："几个钱就不是钱了？"

小宝赶紧闭了嘴。

娘又说："娘这个手机，真的是 120 块吗？"

小宝"噌"地从床上坐起来，大声说："对呀，就 120 块，一个子儿也不多，发票还在我兜里揣着呢！"

"好，这就好。"娘说着，挂掉了电话。

一天，小宝下了工，刚回到工棚，口袋里的手机响了。电话是娘打来的，娘笑呵呵地说："小宝，以后就别给娘打电话了，娘把手机卖了……"

小宝吓了一跳："啥？卖了？"

娘掩饰不住内心的喜悦说："村里做豆腐的李老四看中了娘的手机，愿出 150 块买下来，可娘不贪，只要了他 120 块……"

小宝傻子似地呆在那里。

小宝不能说，那个手机，他可是花了 360 块……

爷爷和孙子

爷爷有个好孙子。好孙子买了房，就把爷爷从乡下接到城里来。

走进孙子装饰一新的新房，73 岁的爷爷惊喜得合不拢嘴。爷爷背着手，从这间屋踱到那间屋，然后踱回来，咂巴着没剩几颗牙的嘴说："啧啧，宫殿似的，这得多少钱啊？"

孙子笑眯眯地说："四十几万吧。"

"啥？四十几万？"爷爷被孙子的话吓住了。爷爷想了想又说："你跟孙媳妇上班没几年，就攒下这么多钱？"

孙子说："交了 20 万，剩下的二十几万每个月从我俩工资里扣。"

爷爷明白了。爷爷说："这么说，你们每个月只能领回一个人的工资，那日子不就紧巴了？"

孙子笑笑，无所谓地说："没办法哦。好多人都这样。"

爷爷不吭声了。

第二天，吃过早饭，爷爷背着手要出门，说到外面溜达溜达。孙子叮嘱爷爷别走太远了，当心迷路，转不回来。爷爷嘿嘿一笑，一脚门里一脚门外对孙子说："你忘啦？爷爷也是文化人……"

文化人就不迷路了？孙子不知道。但孙子知道，爷爷 8 岁时念私塾，就是脑后扎小辫、满嘴之乎者也的那种……

一天，正吃着饭，爷爷突然豪情万丈地对孙子说：“爷爷不能吃闲饭，爷爷得帮你还房款……”

孙子一口米饭差点没喷出来。孙子哈哈地笑弯了腰，说：“爷爷，别逗了，你都奔80的人了，谁敢用你？”

爷爷不高兴了，说：“啥叫奔80的人了？这不还差七八年吗？人老怎么啦？老有老的用处……”

孙子原以为，这件事爷爷只是嘴上说说就过去了。可没想到，爷爷却当了真。

那天，孙子正在外地出差，突然接到媳妇的电话。媳妇说：“咱爷爷找到活儿啦。他要去，我拦都拦不住。”

孙子吃了一惊，心里说还真有胆大的啊。孙子说：“啥活儿？”

媳妇说：“好像是给一家阅读辅导班讲课。给的工资不低，一节课100块……”

孙子说：“他一个老头，能讲什么？”

媳妇说：“《三字经》啊，《弟子规》啊……这几天，爷爷每天忙着备课，摇头晃脑，满嘴之乎者也……”

孙子出差回来，一下车，就直奔爷爷讲课的那个辅导班。透过宽大的玻璃门，孙子一眼就看见了爷爷。讲台上的爷爷，俨然一个旧时的私塾先生：瓜皮帽，长布衫，手里一根大戒尺……爷爷正领着他的“弟子们”在朗读《三字经》……

孙子不解，拦下一个开宝马车来接孩子的家长。孙子说：“大哥，你送孩子来这里，就为了学这个？”

家长说：“学这个不好吗？这可是咱老祖宗留下来的宝贝哩。现在城里的孩子，娇生惯养，一个个成了小公主小少爷，哪还懂得半点仁义礼智？不瞒你说，我儿子4岁了，送他来这里，就是冲着老爷子讲《三字经》，讲《弟子规》……”

孙子张大的嘴巴，半天合不拢。

这时，孙子的耳边传来朗朗的读书声：人之初，性本善……

生产队里开大会

那晚，没有月亮。

那晚，生产队里开大会。

一盏汽油灯，高高地挂在队部门前的槐树上，贼亮贼亮的。台上坐着队长和驻队的马干部。台下的空地上，社员们或蹲或坐成黑压压的一片。

会开到一半，皮三内急。晚上是照见人影的稀饭，两大海碗进了肚，早就变成一泡老尿，憋得难受。趁着队长和马干部耳语的工夫，皮三哈着腰，一溜小跑地离开了会场。

找个僻静的地方，皮三痛痛快快地撒完了尿，边系裤腰带边往队部走。皮三的家离队部不远，搭一眼便能看见。不经意间，皮三就见一个人从自家院里出来，东瞅瞅西望望，然后拐个弯不见了。

皮三的心里一咯噔。两个孩子住姥姥家了，屋里就媳妇彩云一个人……那人是谁？黑灯瞎火的他来家里干什么？

这么想着，皮三没心思回去开会了，抬腿就往家里走。

院门半开着，刚好一个人通过。屋里，煤油灯还亮着，发出昏黄的光。皮三推门进屋，就见媳妇彩云半靠在被子上，目光呆滞，披头散发，还光着一只脚丫子。皮三一惊："咋啦？"

彩云不吭声，眼里滚出两颗泪。

皮三急了："到底怎么啦，说话呀，你哑巴啦？"

彩云呜呜咽咽地说："葛会计他……他欺负了我……"

"啥？"皮三的脑袋"嗡"地大了。刚才在会场，他就没看见葛会计。皮三一把薅住彩云的头发："你……勾引他啦？"

彩云说："我没有。"

"没有？母鸡不叫，公鸡不跳。咱队那么多女人，葛会计凭啥单单欺负你？"

彩云不吱声。

怒不可遏的皮三一拳头下去，彩云的脸上淌出了血，在胸前开出一朵花……

皮三放开彩云，抄起菜刀，边往外走边嚷嚷："葛会计，你这个王八蛋，欺负老子成分不好，老子剁了你……"

彩云呜呜地哭。

那晚，没有月亮。

那晚，生产队里开大会。

皮三出了屋，下台阶时，被门口一个东西绊了一下，差点摔倒，手里的菜刀飞出去老远。

啥东西？皮三踅回来，借着微弱的星光看清了，是一条粗布口袋。口袋一半装着东西，一半耷拉着。

按住扑扑乱跳的心，皮三抻开袋口，一股久违的米香扑鼻而来。妈呀，是黄灿灿的小米！皮三浑身哆嗦起来，一连打了好几个喷嚏。

那时候，粮食奇缺，皮三正为挨不过这个春荒而焦头烂额。这半袋小米，足可以让他们一家平安度过这个春荒……

皮三两腿一软，一屁股跌坐在台阶上，捧一把米，眼泪哗哗地往下淌……

起风了，头顶的星星稀了。皮三从台阶上挪起来，两手捧着米袋，摇摇晃晃回了屋，边进门边说："彩云，小米呀，这可是实实在在的小米，香着呢……是葛会计给咱的……"

煤油灯还在摇摇曳曳。炕上，却不见了彩云。

皮三一扭头，惊得倒退几步，米袋子"嗵"地落了地……

彩云脚丫朝天，倒栽在水缸里……

那晚，没有月亮。

那晚，生产队里开大会……

山坡上有一群羊

山坡上有一群羊……

羊是葛老汉的。说群有点大，也就十几只羊的样子。葛老汉老了，种不动地了，就养了这些羊。

每天天不亮，葛老汉就赶着他的羊上了山。

山上草好，羊们在山坡上吃草，云朵般游动。葛老汉就盘腿坐在一边，眯了眼，听羊们吃草的沙沙声。这时的葛老汉很幸福，也很满足。

葛老汉老伴死得早，是他一手把儿子拉扯大的。儿子能耐，先在城里干装修，后来当了包工头。几年光景，儿子就买了房，买了车，还娶了个漂亮的城里媳妇。儿子三番五次地要接葛老汉进城，可葛老汉犟得像头驴，说啥也不去。葛老汉说："爹种了大半辈子的地，大字不识一箩筐，两眼一抹黑，进城干啥？"

儿子明白了，葛老汉不进城，是丢不下他养的那些羊……

那天，葛老汉一早起来去放羊。走到羊圈边，眼前的一幕惊得葛老汉一屁股坐到了地上——羊圈门大开着，十几只羊不见了！

很快，葛老汉的哭声惊动了左邻右舍。乡亲们纷纷地跑过来，问明情况后，有人去报警，有人拨通了葛老汉儿子的电话。

警察来了，忙活了大半天，也没找出一点头绪。临走时，警察对葛老汉说："我们会尽快破案。有啥线索，你就告诉我们。"

儿子忙，回不来。儿子让葛老汉听电话。儿子在电话那头说："爹，丢就丢了吧，不就十几只羊吗？值不了几个钱的……干脆，我明天开车接你过来……"

葛老汉说："我哪也不去，我要找回我的羊！"

儿子生气了："丢了的羊你能找回来？你上哪找去？"

葛老汉说："你甭管。反正，我要把我的羊找回来……"

儿子"啪"地挂了电话，不理葛老汉了。

第二天，葛老汉出门找他的羊去了。

找了一天，可直到日落西山，葛老汉也没找到一根羊毛。来到以前放羊的山坡下，葛老汉蹲下身，两手捂着脸，呜呜地哭……

第三天，葛老汉还去找他的羊……

第四天,葛老汉仍旧找他的羊……

从丢了羊那天起,葛老汉就没睡过一个安稳觉,常常半夜起来坐在羊圈门口,一锅接一锅地抽旱烟。

羊圈是空的,葛老汉的心也是空的。

村里人见了葛老汉,大吃一惊。几天工夫,葛老汉瘦了一圈儿,胡子拉碴,一脸憔悴。有人看着心疼,劝葛老汉说:“别找了,找也找不到的。”

葛老汉倔强地说:“能找到,我一定要找到我的羊……”

这天,雨下得有点大。哗哗啦啦,从早下到晚,还没有停歇的意思。天擦黑,落汤鸡似的葛老汉冒雨往家走,走得恍恍惚惚,磕磕绊绊。路过村头那座老木桥时,葛老汉突然脚底一滑,一头栽进桥下的河水里……

直到第二天下午,人们才在下游的一个河湾里发现了葛老汉……

儿子赶回来,跪在葛老汉身边,两手撕扯着自己的头发,泪雨滂沱:“爹啊,是我害了你……我想让你进城,才把羊偷偷卖给羊贩子的……爹啊,儿子浑啊……”

儿子含泪把葛老汉安葬在他时常放羊的那面山坡上……

起风了。

泪眼蒙眬中,儿子恍惚看见,山坡上有一群羊……

山坡上有块南瓜地

天刚刚亮透,四两就推个架子车,嘎吱嘎吱出了门。山坡上有块南瓜地,南瓜地里的南瓜熟了,四两赶早是去摘南瓜的。

刚下过一场秋雨,村庄是湿的,连村庄上空的炊烟也是湿的。本来,四两是要在雨前摘瓜的,可因为心里不畅快,把摘瓜的事给耽误了。

四两心里不畅快,是因为媳妇秋儿。那天,也是在山坡上,也是在南瓜地里,四两和秋儿说翻了,吵起来,吵着吵着,四两就动了手。四两一巴掌下去,打在秋儿红红的脸上,也把秋儿打回了娘家。按理,夫妻间吵个嘴,动个手,算不得大事,错的一方低个头,赔个礼,也就过去了。可四两倔得像头驴,就是不低这个头,甚至在秋儿回了娘家后,他连老丈人家的门都没登过。

秋儿住娘家不回来,山坡上的南瓜就得四两一个人打理。每天走进瓜地,四两的心就变得无比畅快起来。这块地,也就两亩多。是四两和秋儿起早贪黑一镢头一镢头刨出来的。地是好地,肥得流油,种了南瓜,那瓜也是见着风儿地疯长……

村口的三歪看见四两就说:“你那瓜种山坡上,可得看紧了,当心被别人摘了去哦。”

四两笑笑说:“想摘就摘,谁吃不是吃?”

三歪又说:“知道不?我那天赶集看见秋儿了,跟一个男的摆摊卖南瓜。起初，我还以为那男的是你呢，走近一看，嘿嘿，原来不是……这年头，媳妇跟瓜一样，看不紧，也会被别人摘了去……”

“我呸，你就不能说句人话？”

“这还不叫人话？我可是为你好哩。”

“好你个头，省省吧你！”

四两说完，不理三歪了，歪歪扭扭地朝前走去，惹得三歪歪着脖子，连连吐了好几口唾沫。

转眼秋儿回娘家半个月了。四两想秋儿了。夜里，睡在炕上的四两感到身体就像山坡上快要成熟的南瓜，嘎嘣嘎嘣地响……四两恨恨地想，等这娘们回来，看我不摘瓜一样拧断她的脖子！

山坡上的那块地真是块宝啊，南瓜长得比脸盆还大，有的比小车轱辘还圆还大。这要是拉到集市上，不卖个好价钱才怪呢……

四两推着架子车出了村，穿过一条马路，来到坡底。四两停好架子车，拎一条麻袋，顺着一条小路走上去，就到了山坡上那块南瓜地。南瓜地里，一片成熟的景象，隔老远就能闻到浓浓的瓜香。

可是，当四两走进瓜地的时候，他傻眼了。好多个车轱辘大的南瓜不见了，只留下光秃秃的瓜把儿。

鸟儿在头顶啾啾地叫，阳光直直地照在山坡上，四两的脑门上即刻冒出一层密密的汗珠。

他娘的，还真让三歪那张乌鸦嘴给说着了。好半晌，回过神来的四两扔了麻袋，拔腿就往山下走，边走边想，得快点去趟老丈人家，把秋儿接回来……

杀　羊

中秋节前一天，在城里打工的六六回了村。刚进村口，六六就看见胡老爹撵着五只羊从对面走过来。六六说：“胡老爹，你的羊好肥啊。”

胡老爹看着他的羊，一脸得意地说：“肥，肥。”

六六没话找话地说：“胡老爹，明天就是中秋节了，你也不杀只羊？”

“不杀，不杀。一只羊值千把块哩。”

六六的眼珠子一转说：“要是胡狗回来，你也不杀？”胡老爹就胡狗一个儿子。胡狗领着媳妇在城里干装修，一走五年，也没回来过……

胡老爹听六六这么一说，两眼顿时亮了，一股清亮亮的涎水从嘴里流出来，他也不擦，只管说：“你是说，胡狗要回来？”

六六说：“媳妇也回来。”

“媳妇也回来？”

“一家子都回来。”

“一家子都回来？”

“对。”六六说，“那你还杀不杀羊？”

“杀，杀，杀一只肥肥的，要杀就杀那只黑耳朵羊。”胡老爹说，“胡狗爱吃羊心、羊肝，还爱啃羊头、羊蹄子。那小子，五岁时就能干掉四个羊蹄子，不拉稀。嘿嘿，嘿嘿……”

中秋节一早，六六到村头大姐家，路过胡老爹那个破败的院落时，下意识地朝里面一望，六六傻眼了。透过洞开的院门，六六看见，胡老爹真的杀了一只羊。院里，流了一摊血。胡老爹正弓腰撅腚剥羊皮呢。院墙上，两只喜鹊扑棱着翅膀，喳喳地叫。

闯祸了，闯大祸了。六六心里念叨着，抬腿跨进东倒西歪的院门。六六按住扑扑乱跳的心说：“胡老爹，你真的杀了羊？”

胡老爹说：“胡狗要回来，媳妇要回来，一家子要回来……”

“可是……”

胡老爹不理六六，只管埋头剥羊皮。羊真的好肥好肥。

六六没辙了，掏出手机，扒拉半天，终于扒拉出了胡狗的电话号码。摁过去，电话通了。六六一手捂着手机说：“胡狗大哥，今天是中秋节，你该回村看看你爹……”

电话那头，胡狗没好气地说：“你不是六六吗？你以为你是谁，村主任啊？我家的事要你管？咸吃萝卜淡操心！”

六六说：“可你爹……听说你要回来，杀了一只羊……”

胡狗不耐烦了，大声嚷嚷：“谁说我要回去，谁说我要回去？是你骗老头的吧？你脑子进水了？”六六还想说什么，胡狗已经毫不客气地挂了电话。

六六像被兜头浇了一盆凉水，从头凉到脚。六六收起手机，讪讪地说：“胡老爹，对不起，昨天我跟你开玩笑的……”

六六知道，接下来，胡老爹会冲着他吹胡子瞪眼睛，甚至会捶胸顿足，号啕大哭。可六六想错了，胡老爹跟没事人一般，还在剥他的羊皮，剥得那叫一个认真。

六六抬高了嗓门：“胡老爹，别剥啦，你儿子胡狗他不回来！”

胡老爹扬起脸，一脸平静地看着六六说："这么大声干啥？我又不耳背……我啥都听到了，我也知道他不会回来。"

"那你，为啥还杀羊？"

"羊是我的，想杀就杀。"

六六一脸的问号。

胡老爹说："六六，我知道，你是个孝顺儿子，不管多忙，逢年过节都要回来看你的爹娘。可胡狗就不一样了，人跟人没法比……"

胡老爹又说："你家没养羊，羊毛都没一根。你要是不嫌弃，就接你爹你娘过来，咱们一起过个中秋节！"

"好，好。"六六想好了，这只羊，不能让胡老爹白杀。

"咱吃全羊席……"

"好，咱吃全羊席……"六六的眼里霎时涌满了泪。

三 叔 卖 房

三叔的儿子在城里买了房，钱不够，让三叔想办法。三叔也没辙，一咬牙，决定把村里的三间房卖了。三叔的房子是几年前才盖起来的，红砖红瓦，像模像样。消息传开，就有不少人想把三叔的房子买下来。

贺四是第一个登门买房的。贺四的儿子找了个对象，对象不要贺四的土坯房，起码要三叔那样的砖瓦房。贺四家的日子还不宽裕，如果能买下三叔的房子，省钱不说，还省事不少，很划算。

三叔的房子要价不高，一万四。可贺四一下子拿不出这么多钱，贺四说："老三，给我五天时间，我去凑钱。凑够了，我买；凑不够，你卖别人。成吗？"

咋不成？不都是为了儿子吗？三叔说："好，五天就五天，我等你。"

贺四前脚走，住在前院的黄大膀后脚来。让三叔意外的是，黄大膀也是来买房的。黄大膀开煤窑，办砖场，是村里的首富。按理说，三叔的房子他是看不上眼的，就算买，也该是楼房别墅啥的……

三叔说："大膀，我这房可不是楼房啊。"

黄大膀嘴一撇说："你以为我买你的房子是搬进来住啊？拉倒吧。"

"不住你买它干啥？"

黄大膀笑笑说："老三，不瞒你说，我相中的不是你的房子，是这块地皮。有了这块地皮，我的养猪场就能尽快办起来。"

三叔明白了。三叔说："大膀，你来迟了一步，我已经答应把房子卖给贺四了。"

黄大膀不急，点支烟吸一口，吐个大大的烟圈儿说："你们签合同了？"

三叔说："没有。"

黄大膀说："贺四他交你定金了？"

三叔说："没有。"

"那不结啦？"黄大膀哈哈一笑，"房子还是你的，你爱卖谁就卖谁，天王老子也管不着。"

三叔说:“做人总该讲个原则的……”

黄大膀冷笑一声说:“屁!现在谁还讲这个?钱才是大爷!你房子卖给贺四,不只卖了一万四吗?我出一万五,立马交钱,咋样?”

三叔不吱声。

黄大膀又说:“这叫竞争,老三你懂不?”

三叔瞅着晃过头顶的日头说:“我答应了贺四,就一定要等他。我不能说话不算话,出尔反尔……”

黄大膀阴着脸,一扔烟头,拿脚尖使劲拧了拧,然后紧盯着三叔说:“老三,你不给我面子?”

三叔说:“哪跟哪啊?这是两码事……”

黄大膀“呸”地啐口唾沫,悻悻地走出门去。

转眼,五天过去了,贺四没来。七天过去了,贺四还没登门。三叔坐不住了,坐不住的三叔就去了贺四家。

看见三叔进门,贺四很不友好地说:“老三,你来干啥?”

三叔说:“废话,你说我来干啥?”

“你不是把房子卖给黄大膀了吗?黄大膀有钱,能给你个好价钱……”

三叔急了,两眼瞪得像牛卵:“谁说的?我啥时把房子卖给黄大膀了?”

贺四说:“我媳妇说,那天我从你家出来,她亲眼看见黄大膀去你家了。黄大膀去你家,不是买房是干啥?”

三叔说:“黄大膀去我家不假,他想买我的房子也不假,可我没答应他。”

“可我给不了黄大膀给你的价。”

三叔说："我老三说话算话。还是那个价，一万四，房子是你的！"

三叔拿了钱要走，贺四不让，非留三叔喝几杯。一瓶二锅头，一碟干咸菜，俩人面对面喝开了，直喝到月儿西沉。

三叔晃晃荡荡回了家，把钱交给三婶，倒头就睡。三婶边点钱边数落三叔说："放着一万五不卖，偏卖一万四，老三你脑子没进水吧？"

三叔眯着眼，嘿嘿一笑，喷着满嘴酒气说："我要是真的卖了一万五，那才是脑子进了水……"

三婶还想说什么，扭头一看，闭了嘴。

三叔睡了，鼾声此起彼伏……

三 棵 玉 米

月牙儿躲进云层里，久久不肯露脸。

我抡着镰刀，对准一棵玉米砍下去。一刀，玉米站着；又一刀，玉米没倒；再一刀，玉米不情不愿地倒下去。

这是我要砍的第三棵玉米，也是最后一棵。每砍倒一棵，我都要咬牙切齿地骂一句："徐三保，你这个王八蛋！"

我跟徐三保有仇。

那天下午放学回家，路过村头的那一大片玉米地，我不由自主地停下了脚步。玉米甜秆儿的清香，惹得我口水直流。看看四周无人，我便一头扎了进去。刚掰折一截玉米，还没尝到甜秆儿的甜头，我的耳朵就被人揪住了。

揪我耳朵的人，就是徐三保。

徐三保喷着满嘴的唾沫星子冲我吼："锄禾日当午白念啦？你现在糟蹋我一棵玉米，到秋天就是三个玉米棒子哩……那是多少个窝头，多少碗糊糊，你知道不？"

徐三保不顾我的哀求，揪着我的耳朵不撒手。最后，徐三保说："是见你娘？还是揍屁股？"

在我们这儿，小孩子犯错，大人揍屁股是常有的事，屡见不鲜。

我爹死得早。我娘脾气臭，我当然不想见她，也不敢见她。沉吟半天，我牙疼似地嘟囔："那就……揍屁股……"

我想，徐三保再坏，也不会对我下狠手。可我想错了，徐三保褪下我的裤子，抡圆了胳膊，照着我的屁股就是三巴掌。啪啪啪，打得惊天动地。

我的屁股遭了殃，火烧火燎般痛，晚上睡觉不敢挨床板。望着黑漆漆的夜，我狠狠地想，这个仇，我一定要报，非报不可……

看着倒在地上的三棵玉米，我那叫一个解气……要不是屁股疼，我一准会连翻他仨跟头！

第二天中午放学，路过那块玉米地，我看见前边围了一伙人。我娘坐在地头，一边拍着大腿一边哭："我没招谁惹谁呀，哪个缺德鬼欺负我孤儿寡母，连砍我三棵玉米啊……"

秋夜

长贵借了父亲三千块钱，说好三个月归还，可半年过去了，也没还一分。为此，父亲很恼火。

这天，父亲去了长贵家，脚踩门槛，要长贵还钱。

长贵的眉毛愁得打了结："四哥，你再缓缓吧。等咱儿子打工挣了钱，一定还你。"

"说梦话吧？你儿子打工才几天，要我等到猴年马月？"父亲一掌拍在门框上，"今天，这事一定做个了结！"

长贵的一条腿瘸，就高高低低来回转圈儿。屋里，除了锅碗瓢盆，没啥值钱的东西。长贵说："四哥，这屋里的东西，你看着有用，随便拿。"

父亲"扑哧"一笑，手指一划拉："就这？破碗破盆有屁用？拉倒吧。"

"那你说咋办？"

父亲掏出烟，点一支，狠狠吸一口说："还有一条路可走。"

长贵不转圈儿了，两眼粘在父亲的脸上："四哥你说。"

"到我的大棚里打工。"

这几年，父亲扣大棚种菜，日子过得红红火火，惹得村里不少人眼红。可长贵不眼红，他关心的是能挣多少钱。长贵说："工钱咋挣？"

父亲说:“一个月五百。你干半年,咱们两清。”

“五百?”长贵嫌少,“工地上的一个小工,一个月还挣六七百哩。”

父亲一扔烟头,背着手要走:“那你还钱啊。我不逼你。”

第二天,长贵瘸着一条腿,乖乖地进我家大棚打工来了。

长贵腿瘸,心眼不瘸。父亲仅带了个把月,长贵就出徒了。从育秧、栽培、施肥、嫁接,到收菜、打包,样样活儿干得出色。父亲忙,三天两头往城里送菜,大棚里的活儿就放心地交给长贵打理,从没出过半点纰漏。

一天,母亲从外边回来,悄悄地把父亲叫到一边说:“老四,跟你商量个事。”父亲说:“啥事?”母亲说:“咱给长贵的工钱太少了,惹得村里人说闲话。”

“别人爱咋说咋说。他一个瘸子,给五百,不少了。别人给我白干,我还不要呢。”

“可他干得不是五百块钱的活儿啊。依我说,给一千也不多。老四,做人要厚道,得凭良心。”

“我不厚道? 我没良心?”

“你自己清楚。”

父亲冷冷地一笑:“你胳膊肘往外拐?”

母亲说:“我就事论事。”

父亲不理母亲了,黑着脸,一头扎进大棚里。

日子水一般流淌。转眼,半年过去,长贵在我家打工的期限也到了。

是个秋夜。

父亲备了几个菜,买了一瓶酒,在大棚里搁张桌,和长贵面对面喝起来。长贵来大棚半年了,跟父亲喝酒,还是头一回。酒至半酣,父亲开了口:“长贵,明天你就不用来大棚了,咱们两清了。”

长贵似乎干上了瘾,不想走。长贵说:“四哥,留下我吧。反正你这大棚也用人,工钱给涨点就成。”

父亲把酒杯往桌上一蹾,脸一板说:“你走吧,我这大棚不用人!”

长贵盯着父亲,盯了几秒钟。然后,一撂酒杯,站起身,高高低低地朝大棚门口走去,愤愤然的样子。

父亲“啪”地一拍桌子说:“瞧你那熊样,就不懂得自己也盖个大棚?”

长贵一愣,回头看着父亲,一脸的诧异……

野　韭　菜

四叶在山上打野韭菜,打着打着,天哗哗地下起了雨。慌不择路的四叶,一头钻进一个山洞里。山洞不大,但很隐蔽。四叶的到来,惊动了藏在洞里的一个女人。女人背倚着洞壁站起来,一双眼睛惊恐地看着浑身湿透的四叶。四叶捋一把头发上的雨水说:“你是谁?咋躲在这里?”

女人不说话,两眼直直地盯着四叶。四叶知道,眼前这个女人一定遭遇过什么事,无奈之下才逃到这个山洞里的。四叶说:

“你别害怕，我叫四叶，家住山下的头道村。我来山上打野韭菜，外边下起了雨，才躲进这里的。”

女人还是不说话。

四叶说：“你是哑巴？”

女人不哑，女人终于开了口。女人说：“我是四川成都的，被人贩子卖到山那边的二道村，男人叫冯锅子，大我二十多岁。前天晚上，趁男人喝醉了酒，我才逃出来……”

“既然已经逃出来，你该到附近的车站搭车回家才是啊。”

“冯锅子一家追得紧，这时去车站，肯定被他们逮回去……”

四叶看看山洞，洞里又潮又湿，不是人待的地方。四叶说：“咱俩在这相遇，是缘分……你要是愿意，就到我家去躲几天。”

女人摇摇头：“我哪也不去。谢谢大姐，我不能给你惹麻烦。”

外面的雨停了。四叶要走，女人说：“大姐回了村，千万不要跟任何人说起见到我的事……我老家有丈夫，还有一个八岁的儿子和六岁的女儿。万一走漏了风声，我这辈子就回不了四川了……”

四叶点点头，背起装野韭菜的袋子下了山。

回到家的四叶，择韭菜也择不到心思上，常把山草择到韭菜里。

腌好韭菜，已是下半晌。四叶又想起山洞里的那个女人，她逃出冯锅子家已经两天了，山洞里空空荡荡的，她吃什么……这么想着，四叶坐不住了，带着几个韭菜馅包子，再一次上了山。

好不容易找到那个山洞，可洞里洞外找了个遍，也不见那个四川女人。四叶的心一点点往下沉。

四叶下了山。

这时，天色越来越暗，村庄上空飘起一缕缕炊烟。四叶刚到村头，就见男人小伍从对面走来。小伍说："我从地里回来，院门锁着。问隔壁二婶，说你又上山了。咋？打了半天野韭菜，把魂丢山上啦？"

小伍一低头，看见四叶手里的包子，一怔："你送包子？给谁？"

四叶见瞒不住了，就把在山洞里见到那个四川女人的事告诉了小伍。四叶说："她到底去了哪里？该不会是被冯锅子给逮回去吧？"

"不会，不会。山洞那么隐蔽，一般人找不到的。"

"要不，你明天去趟二道村，看看那个女人在不在冯锅子家。"

"我又不认识人家，咋说？"

"你不会说咱家丢了牛，你去找牛吗？"

"我去，山上的黑豆不锄了？"

"你去你的，黑豆我锄。"

第二天，吃过早饭，小伍去了二道村。小伍走后，四叶扛把锄头也上了山。

小半晌，山梁上冒出个小黑点。小黑点越来越大，越来越大，最后大成了小伍。

四叶提着锄头奔过去："见到那个女人了吗？"

"没有。"小伍说，"冯锅子一家人都在，看样子是不找了。依我看，人家这会儿早坐上回四川的火车了……"

下山时，四叶的脚步变得格外的轻快……

年　　关

跑城的中巴车“嘎”地停在村头，吐出了我之后，一撅屁股，跑了。

这是年关的天气，天空灰蒙蒙的，一如我颓丧的心情。

我这是第六次进城了，跟前五次的结果一样，我没见到刘鸡，也没讨回我的工钱。

刘鸡是从我们村走出去的大人物。他在城里开了好几个大超市，光员工就一百多个，人们见了他，都刘总刘总地喊，就连我们的村主任见了他，也是毕恭毕敬的样子。

前年，刘鸡雇我给他的超市送货，一个月一千二，管吃管住。活儿虽说苦点累点，住的是地下室，吃的是方便面，但我不在乎。谁让咱没本事呢，况且还拐了一条腿。

我起早贪黑地干了半年多，结完账，抹去零头，还有七千块。我满以为刘鸡会爽快地付我钱的，人家好几个大超市，会在乎我这俩钱？可刘鸡要我等等，说他的超市要压货，资金一下子周转不开。

刘鸡还拍着我的肩说：“拐子，你放心，等资金周转开了，就给你钱。你不用跑，到时我给你打电话，或者开车把钱给你送过去……咱不差钱。”

可是，一年过去了，我没等到刘鸡的电话，也没见他开车给我送钱来。

我娘有病,吃药跟吃饭似的。媳妇腆个大肚子,要生孩子。我一次一次地往城里跑,也没要回一分钱。

今天是腊月二十八,再过两天,就是年三十了。我不知道,我这个年还能不能过得开心起来。

天空飘起了雪花,细细碎碎,打在我的脸上,冰凉冰凉的。

路过村头的一户人家,我突然停下了脚步。我停下脚步的原因,并不是看中了那个破败小院儿,而是住在里面的那个半瞎的老太太。

对,她是刘鸡的娘。

我知道,刘鸡可以不给我钱,但他不可以过年也不回来看他的娘。我想,只要我把老太太接到我家里来,我就有希望见到刘鸡;只要能见到刘鸡,我的钱就有希望要回来……

我拐着一条腿进了屋,很顺利地搀出了老太太。

半道,碰上了村主任。全村人都知道刘鸡欠我的钱,村主任看看我,再看看刘鸡的娘,似有所悟地说:"拐子,你想弄事?"

我说:"哪能呢?村主任你看我像弄事的人吗?嘿嘿,不弄事,不弄事。"

到家后,我把老太太搀进暖烘烘的正房,吩咐媳妇好饭好菜地伺候着。媳妇丢个白眼说:"拐子你啥意思,一个病娘没伺候够,再捡个没人愿意要的娘?"

我说:"我想要回我的钱……"

媳妇嘴一撇,说:"我看你这叫偷鸡不成蚀把米。"

事情果然被我媳妇言中了。

腊月二十九,刘鸡没来。

年三十了,刘鸡还没来。

媳妇说:“咋样,你看咋样?”

可想而知,我这顿年夜饭是怎么吃下去的。我正想着该不该把刘鸡的娘送回去,刘鸡破天荒地给我来电话了。

刘鸡说:“拐子兄弟,谢谢你接我娘去你家过这个年……本来我是该回去看娘的,可我实在是忙,过年也不消停……”

我无语。

刘鸡哈哈一笑,又说:“这几天天气冷,就让我娘在你家多住些日子吧……反正她一个老太太也吃不了你多少,是不是?”

我想哭。

磨　刀　匠

正是麦收时节。

麦收如打仗,麦田如战场。为了收麦,晾麦有个好天气,庄稼人收麦是要抢天的。手把镰刀一下地,人人心里憋着劲。麦田里听不到讲话,只听镰刀割麦的沙沙声。只是,忙碌的田间地头,时不时传来几声吆喝:“磨……镰刀哟。”

将收割的麦子捆扎,一束束运到自家场上,已是日落时分。

父亲回到家,刚洗了把脸,院门一开,磨刀匠扛个板凳跨进院门。磨刀匠对父亲说:“兄弟,天色晚了,赶不回去,想在你家借个宿,不知方便不方便?”

那时候,走村串户耍手艺的人多,借个宿是常有的事。父亲呵呵一笑说："有啥不方便的？空屋有的是，只要老哥不嫌弃，只管住。"

于是，磨刀匠跟着父亲进了屋。

母亲把晚饭端上了桌，父亲就招呼磨刀匠和我们一块儿吃。磨刀匠犹犹豫豫不肯上炕，父亲恼了，脸一板说："咋？嫌我家饭菜不可口？"

磨刀匠红了脸："哪里，哪里。只怕讨扰了兄弟。"

吃着饭，父亲问磨刀匠："老哥哪个村的？"

磨刀匠说："山那边，沟里村的。"

父亲的身子往前探了探，说："老哥，可认识一个叫柳义的人？"

磨刀匠一愣，笑笑说："一个村里住着，咋不认识？兄弟也认识柳义？"

父亲摇摇头，咽下一口饭说："我大儿子在县砖瓦厂上班，处了个对象，叫香香，就是你们沟里村的。儿子托媒人去提亲，可香香的父亲柳义不点头，这门亲事就定不下来……"

磨刀匠说："柳义不点头，恐怕是不了解你家情况吧？嫁个闺女可是大事，不敢马虎。兄弟你说是不是？"

父亲点点头。

磨刀匠又说："我回去跟柳义说说，这事应该能成……"

乡村的夜晚静悄悄。下半夜，父亲突然被隔壁传来的一阵阵呻吟声惊醒。父亲披衣下了地，掌灯进了隔壁屋。摇曳的灯光下，只见磨刀匠蜷缩着身子，一张脸痛苦地扭曲着。父亲被吓呆了，手里的油灯端不稳，晃晃悠悠，灯光忽明忽暗。父亲惊慌地说："老哥，怎么啦？"

磨刀匠说："肚子疼得要命哦……"

父亲放下油灯，伸手摸了摸磨刀匠的手，冰凉冰凉的。父亲扭身出屋，很快就请来村里的金先生。金先生给磨刀匠扎了针，又熬了一碗红糖水让磨刀匠喝下去。磨刀匠的肚子不疼了，一会儿便安静地睡去。

送走金先生，父亲不敢回屋睡觉了，陪着磨刀匠一直坐到天大亮。

早晨，母亲特意给磨刀匠做了一碗香喷喷的鸡蛋面。磨刀匠推辞不过，含着眼泪"吸溜吸溜"地吃下去。搁下碗，磨刀匠抖抖索索掏出了五块钱。父亲一看，急了，一把挡回去说："出门在外，谁没个难处？老哥，你这不是打我的脸吗？"

磨刀匠只好把钱装回口袋。

磨刀匠扛着板凳要走。父亲不放心，把磨刀匠送出村外二里地……

五天后，收完麦子那天，磨刀匠又来我家了。这回，磨刀匠没扛板凳，而是领着个俊俏的大姑娘。

父亲看看磨刀匠，再看看那姑娘，惊诧地说："老哥，这姑娘……是谁？"

磨刀匠嘿嘿一笑说："她就是香香，你儿子的对象。香香今天来，是想认个门儿……"

父亲欢喜得直搓巴掌："这么说，柳义答应这门亲事了……谢谢老哥！"

磨刀匠哈哈一笑说："兄弟，谢我啥呀？我就是柳义啊……"

父亲吃惊地张大了嘴巴。半天，回过神来的父亲冲我喊："小二，打酒去！"

柳 姨

父亲突发脑出血，虽经医生全力抢救，但还是落了个半身不遂。

我和姐都在外地。等我和姐赶回去时，父亲已经从重症监护室转到了普通病房。我们知道，父亲以后的日子，恐怕只能在轮椅上度过了。

看看病床上弱不禁风的父亲，再看看那个忙前忙后的柳姨，我和姐一时不知该说什么好。

五年前，六十岁的父亲不顾我和姐的反对，执意要把柳姨娶进门。母亲去世多年，为了他的一双儿女，父亲一直未娶，甚至没动过再婚的念头。如今，父亲老了，找个老伴也是情理之中的事，可他找的偏偏是那个柳姨。柳姨年轻时名声就不太好，而且她比父亲整整小十二岁。这样一个女人，靠得住吗？

我说出了憋在心里的话。我说："那个柳姨看上你什么？不就是你的工资，你的房子吗？"没想到，我的话惹恼了父亲。父亲"啪"地一拍桌子："呸，就我那俩小钱？就这破房子？别寒碜人了！"

父亲犟得像头牛，八匹马都拉不回来。为此，我和姐赌气，有几年没有回过家……

父亲的这场病，花光了他的积蓄。让我和姐没想到的是，那个柳姨还搭进去五千块钱。

我和姐姐私下里商量，决定把柳姨给父亲花的那五千块钱还给她。姐说，这钱本来就该我们出。可是，当我们拿着钱要给柳姨时，柳姨好像受了天大的委屈，眼里噙着泪花说："这钱如果是你们孝敬父亲的，我代他收下；如果是还我的，请你们收回去……钱是我自愿花的，与别人无关。"

我和姐面面相觑。

几天后，父亲出院回家了。回家后的父亲只能躺在轮椅上，从这屋摇到那屋。父亲的饮食起居，全都落在柳姨一个人身上。我和姐想帮忙总也插不上手。

一天，柳姨对我和姐说："你们父亲就这样了，好也好不到哪儿，坏也坏不到哪里。不是我撵你们走，你们都有自己的家，还有自己的工作，不能老耗在这里。如果信得过我，你们就放心走吧。有啥事我再打电话给你们。"

临行前的晚上，柳姨特意做了一桌香喷喷的饭菜。安顿好父亲，柳姨回到桌边。我和姐各倒满一杯红酒要敬柳姨，柳姨说："你们明天就要走了。有件事想跟你们姐弟商量一下……"

我说："啥事你只管说。"

姐也说："柳姨你说吧。"

柳姨说："我和你们父亲想搬离这里……"

我吃了一惊，端杯的手停在那里："搬哪里？为啥要搬？"

姐也站起来："这房子本来就是父亲的，我们可什么都没说。"

柳姨说："是这样的。我原来的房子由女儿女婿一家住着，他们就要到外地工作了，房子要还给我。我那边的房子，楼层低，采光也好，不像这边吵吵闹闹的……”

我说：“那这边的房子呢？”

姐也说：“我和弟都在外地，也用不上……”

柳姨笑笑说：“房子是你们父亲的，也是你们姐弟的，或租或卖是你们的事，与我无关。”柳姨又说：“今天，我也说几句掏心窝子的话。我嫁你们父亲，不图他什么，就图他人好……”

这时，里屋的父亲“咳咳”地咳两声。柳姨赶忙起身离座，照顾父亲去了。

我和姐呆呆地坐着，眼泪就不争气地流了下来……

粮　食

二崔拎了两条烟，摸黑来到村主任家，他想找村主任给他批块宅基地。

村主任正在看电视，明白二崔的来意后，笑着把二崔拎来的烟挡回去，不说批，也不说不批。

隔几天，二崔掂着两瓶酒，再次走进村主任家。还跟上次一样，村主任笑着把二崔掂来的酒挡回去，不说批，也不说不批。

二崔心里直发毛，村主任到底啥意思？

二崔要走，被村主任拦下。村主任说，二崔，你家有粮食吗？

二崔是村里的种粮大户，家里有的就是粮食，满满两大粮仓，少说也有三万斤。闹了半天，船原来弯在这里。二崔笑眯眯地说，主任想要粮食啊，咋不早说？我这就回去扛几袋过来……

几袋不要，一袋就好。今天太晚，明天一早吧。

于是，第二天一早，二崔就扛着一袋粮食跨进村主任家的院门。

村主任迎出屋，对二崔说，我这几天腰疼，扛不得东西，家里搁粮食不方便，你就帮我扛到一个地方吧。

二崔说，行。

村主任又说，二崔你还扛得住吗？要不歇歇？

二崔咬着牙帮骨说，扛得住，扛得住……

出了门，村主任在前边走，走得脚步腾腾；二崔在后边撵，撵得东倒西歪。

左拐，右拐，照直走……

村主任站下，用手朝前边一指说，到了，二崔你扛进去吧。

二崔抬头一看，傻眼了——

前边的破土屋里，住着二崔的娘……

连 心 桥

马四海走进刘长山的家，让刘长山又惊又喜。因为刘长山和马四海是竞选下届村主任的对手。

马四海说："长山，跟你商量一个事。"

刘长山饶有兴致地看着马四海："你说。"

"再过几天，就要投票选举了。对于这次竞选结果，我不说你也明白……"

刘长山嘿嘿一笑："你是煤老板，光煤窑就有两座，手里有钱。俗话说，有钱能使鬼推磨。"

"长山，咱别斗嘴。"马四海一本正经地说，"我今天来，是跟你商量正事。长山，听我一句话，你就弃权吧。这样对你对我都有利。"

刘长山"哦"一声，示意马四海说下去。

马四海说："我也不会让你白白弃权的，我给你钱。你知道，我花钱买选票也是可以的，可我嫌麻烦，倒不如买你的弃权票。"

刘长山想了想，笑眯眯地问："你能给我多少？"

马四海竖起一巴掌："只要你肯弃权，我给你这个数！"

"五万？"刘长山摇了摇头。

五万还嫌少？马四海心里骂，都说你刘长山不贪不占，原来都是假的，还装啥大尾巴狼？马四海一咬牙："我再加三万！"

刘长山背着手在屋里转来转去，突然站定说："好，成交！"

几天后，马四海如愿当上了新一届的村主任。

新官上任三把火。马四海正琢磨着这第一把火从哪里烧起时，刘长山来了。

刘长山是带着那八万块钱来的。当刘长山把钱放在马四海面前时，把马四海吓了一跳："长山，你这是干啥？"

"我来给你送钱。"

马四海明白了："长山，你是反悔了吧？可你反悔得晚了，我已经是村主任了。这钱，你还是赶紧拿回去吧……钱是你的！"

刘长山走到窗前，看着远处的村头说："咱村就缺一座桥。

我当村主任时，做梦都想着修一座好桥，可我没这个能力。不瞒你说，在你来我家之前，我是打算和你一决高低的。你来我家，让我改变了主意，我就知道，修桥有希望了。这八万块钱，够修一座桥……”

马四海呆了。

刘长山又说：“我没别的办法，只能出此下策，算我牵个头吧。”

马四海眼里含着泪，紧紧握住刘长山的手说：“咱俩一块干，一定给村里修一座好桥，就叫连心桥！”

立　　秋

老大扛把铁锹走进爹娘的院子时，天才刚刚亮透。

立秋了，晨风中夹杂着一丝丝的凉意。爹娘的院子里堆了一堆黄泥，是老大昨天下午背着媳妇和好的。

爹娘住的是老屋，两年没修过，夏天漏雨，冬天进风。本来，端午节前后，老大就打算给爹娘修屋子，还拉来一车黄土。可一场大病，让老大住了三个月的医院。从医院回来，老大还张罗着给爹娘修屋子，怎奈身子骨弱，不做主，媳妇也拦得紧，没修成。眼看冬天就要来了，老大知道，修屋子的事不能再拖了……

爹起得更早。老大进院时，爹正在压水井边压水。七十多岁的爹，没有多大力气，压出的水也是一小股一小股的。老大走过去，说："爹，我来压，你回屋给我取双水靴来，一会儿好踩泥。"

爹看着老大说："等等老二吧，你的病刚好，不能累着。"

老大笑笑说："我踩好泥，给老二打电话。"

爹取来水靴，交给老大。老大换上，捞起三齿耙，嗵嗵嗵，在泥堆上挖几个坑，然后拎起一桶水，泼在泥堆上。

老大开始踩泥了。

日头爬上墙头时，一堆泥就踩好了。老大的额头上也挂满了汗。老大喘口气，掏出手机给老二打电话。电话通了，老大说："二啊，昨天晚上说好给爹娘修屋子的，泥已经踩好了，你过来吧。"

老二说："哥，不巧，乡里临时通知村主任开会……我这会儿正往乡里赶呢。"老二又说："和好的泥就搁那里吧，咱明天抹，也不差这一天半天的。"

老大知道，踩好的泥不用，隔天用起来更费事。

爹问："老二几时来？"

老大说："乡里开会，老二今天来不了。"

爹抬头看一眼一步步往上走的太阳，说："要不，你抛泥，爹上屋顶抹泥吧。"

老大搬来梯子，架在屋檐前，正要扶爹上梯子，老大媳妇来了。

老大媳妇一惊一乍地说："干啥呀？爹都七十多岁的人了，要是从屋顶上掉下来可不是闹着玩的。"

老大说："你来得正好。干脆，你上屋顶，我抛泥。"媳妇白一眼老大说："拉倒吧，还是我来抛泥吧。"

老大上了屋顶。老大媳妇操起泥叉，嚓，一叉泥；啪，泥上了房。等泥堆成一小堆了，老大往手心里吐口唾沫，铲一锹泥，端到屋后檐去，倒下抹平……

两间屋顶抹下来，日头就偏午了。

老大是被媳妇搀回家的。媳妇嗔怪老大："就你逞能，累坏了吧？"老大躺在炕上，浑身的骨头真的像散了架。媳妇扯一条毛毯给老大盖上，说："这个老二，就不能抽空给爹娘修屋子？"老大说："老二是村主任，忙，不能怪他。"媳妇说："你的病刚好，这要是累出个好歹可咋办？"老大说："我又不是纸糊的，得早点干活才是。这一场病，掏空了家底儿，也连累了亲戚朋友。爹娘老了，要管；儿子明年就要到城里念高中，要钱。我得把亏空早点补回来，不练练身子骨不行……咱这个家，不能让你一个人扛着……"

老大说着，便睡着了，还发出轻微的鼾声。

老大媳妇听着，听着，听出一脸的泪……

老七的秋天

秋天的时候，老七当上了村里的饲养员。

支书拍着老七的肩膀，一脸严肃地说："咱村就十头牛，八匹马，这可是全村老老少少的指望啊……老七你好生饲养着，不得有误！"老七也不含糊，把胸脯拍得山响。老七说："支书你放心，我把十头牛八匹马当亲儿亲女一样待……"

饲养室在村北，离村一里地。当天，老七就扛着铺盖卷儿住进了饲养室。白天，老七忙着碎料、铡草、垫圈；晚上，老七至少起夜三次，给牛马添两次草，再加一次料。

一天傍晚，老七带的干粮吃完了，就回家去取。那时候，粮食金贵，家家口粮不够吃，吃糠咽菜是很平常的事。老七家也不例外。媳妇桂英端上一笼糠菜团子，叹一口气说："老七，你说，嫁汉嫁汉，这到底图个啥？"

老七一怔，不明白桂英这话是啥意思，愣愣地看着桂英。桂英岔开话题又问老七："你饲养的牛呀马的，这阵子还上料不？"

老七抓起一个糠菜团子，塞进嘴里，腮帮子一鼓一鼓地说："上，上，咋能不上料？过几天就要秋收，牛马要出大力，拉、碾，耕的，哪一样都离不开牛马……料是牛马的骨头哩。"

桂英吞吞吐吐地说："都上些啥料呀？"

老七随口说："能有啥料？不就点玉米吗？还有麻油饼子……"

桂英瞅一眼睡在炕底的二小子，往老七身边挪了挪，眼里突然涌出泪花说："家里没米没面了，就吃糠菜团子，一天两顿，咱二小子都拉不下啦，嚷着想喝玉米面糊糊。老七你能不能……弄点回来？"

老七急了，两眼瞪得像牛卵。老七咽下一口糠菜团子，脖子一梗说："啥？弄点回来？你这不是让我做贼吗？桂英，我可是在支书面前拍过胸脯的……"

桂英看一眼漆黑的窗外，压低了声音说："就几把，也不行？"

老七黑着脸，断然地摇摇头。

桂英火了，冲着老七喊："你还是不是孩子的爹？俩小子是从石头缝里蹦出来的吗？"

老七别转脸,有泪在眼眶里打转转,可老七就是不点头。

二小子被吵醒了,吓得哇哇直哭。

“好,好。”桂英扭身摸到炕底,边哄二小子边说,“与其跟着你遭罪,倒不如我们娘仨讨饭去,好歹也不会饿死。这个家留给你,我们走,我们走……”

老七慌了,手忙脚乱地把笼里的几个糠菜团子塞进口袋里,边往门外走边说:“我走,我走。”

屋里,传来桂英压抑的哭泣声……

第二天中午,老七正在饲养室里吃糠菜团子,堂弟一头撞进饲养室,上气不接下气地说:“七哥,不好了,出大事了……”

老七一个激灵,手里的糠菜团子碎成几瓣:“出啥事了?”

堂弟喘口气说:“上午,我七嫂到田里割草拐了两穗玉米棒,那么巧,就被巡秋的民兵营长杨红旗撞见了。杨红旗派人把七嫂押回大队部,说要开批斗会……七哥,你快去看看吧。”

“我操!”老七骂一句,随堂弟出了饲养室,高一脚低一脚地朝大队部跑去。

大队部的院子里,早围满了人。杨红旗站在台上,指手画脚地讲着什么,讲得唾沫星子乱飞。台下的空地上,桂英披头散发地跪在太阳地里,像株蔫巴了的高粱。她的脖子上,就吊着那两穗玉米棒……

秋天的太阳很毒。老七又气又急,恨不能冲过去踹上桂英一脚。憋了半天,老七分开众人,几步走到杨红旗面前说:“营长,桂英是我老婆,她犯错也是我犯错,就让我陪她一起跪吧……”

不等杨红旗说话,老七已走到桂英身边。面对着围了一圈又一圈的父老乡亲,老七直挺挺地跪了下去……

黄土地

丑巴占了我家二分地。

父亲去找丑巴理论。愣头青丑巴欺软,一拳头招呼过来,打掉父亲的一颗门牙。

那时,头顶的日头白花花地亮着……

父亲捏着门牙去找村主任,村主任带着量尺踱到地边。左量右量,丑巴占了我家二分地。

村主任和丑巴沾点儿亲,就息事宁人地说:"耕已耕了,种也种了。明年你把二分地犁过来就是。"

父亲表现出少有的决绝,父亲说:"那不行……我的门牙可以丢,但土地不能丢,一年也不能丢!"

村主任摊开手:"那你说咋办?"

父亲当着丑巴的面,一字一顿地说:"麦种我出,麦子我收!"

丑巴急赤白脸嚷:"我还耕了地呢。"

父亲背着手朝前走,头也不回地说:"我请你了? 扯淡!"

父亲说到做到。麦子黄了的时候,父亲挥舞着镰刀,"嚓嚓嚓"一气呵成,把二分麦子割到我家麦地来,气得丑巴直翻白眼儿。

从此,丑巴再没有占过我家一分地。

树叶绿了又黄,黄了又绿。一晃,几十年过去。村里的人大都进了城，那一块块黄土地也被撂了荒。丑巴的地也一样。头几年，赶着季节的脚步，丑巴一趟一趟地往村里跑，春种秋收，不亦乐乎。后来，丑巴懒得回来了，紧挨着我家的那块黄土地也被撂荒了。

只有父亲，一门心思扑在他的黄土地上，像侍弄他的儿女一样，侍弄着他的黄土地。该种时插耧，该收时动镰，从不误农活。村里人都说，父亲才是个地地道道的庄稼人呢……

前年春天，布谷鸟叫得正欢的时候，父亲突然病倒了。病倒了的父亲惦记着他的黄土地，一次又一次地给我打电话，让我回村帮他种小麦。推了几次推不过，我便极不情愿地回了村。

麦种已经晒好，抓一把，粒粒饱满瓷实。

我不愿使牛，雇了拖拉机，突突突，没半天工夫，就把那块地耕过了。下午，正要插耧播种的时候，父亲拄着拐棍来到地边。

父亲在地边转了几圈儿，突然站定，看着我说："你占了丑巴家一分地？"

我边往耧斗里装麦种边笑笑说："占就占了，反正他也不种。不占白不占。"

父亲恼了，沉下脸说："啥话？地是人家的，种不种是人家的事……你怎么干出这种不地道的事来？"

我说："不就一分地吗？明年你不占就是了。再说，当年他不也占过咱家二分地吗？你还丢了一颗门牙哩……"

"不提当年，也没有明年。"父亲丢了拐棍，撅起屁股，"吭哧吭哧"刨出那块深埋了多年的界石……

我一看，果然占了丑巴的地。

"你听好了，是咱家的地，一分也不允许别人占。但是，咱也不能占别人一分地。这是原则……”

父亲说完，弯腰拾起拐棍，顺着界石画了一条线。然后，手里的拐棍冲我一点，大喝一声：“开耧啊——”

还有一个娘

宝根和二妞在南方的一家制衣厂打工，俩人都有过硬的技术，挣的工钱也不少。

这天，宝根下晚班回到出租屋，看见二妞正在收拾东西。宝根一愣，说：“二妞，你干啥？”

二妞说：“我爹刚刚打来电话，说我娘病了，病得不轻，要我们回去一趟。”

宝根说：“那我……走不走？”

二妞不高兴了：“一个女婿半个儿，她是你丈母娘，你说你走不走？”

宝根怕二妞，一直都怕。宝根迟疑着说：“要不要买点营养品啥的？”

二妞戗宝根：“你说呢？”

宝根赶紧出了门，二妞的声音撵过来：“要买，就买好的。”

工夫不大，宝根就买回了大包小包的营养品。俩人打电话请了假，然后直奔火车站。

坐完火车，再坐班车。直到第二天下午，宝根和二妞才风尘仆仆回到了那个小山村。

路过村头一户人家，宝根不由自主地放慢了脚步。他看看紧闭着的院门，再看看只顾往前走的二妞，张了张嘴，却没有说出话来。其实，宝根和二妞都知道，那个院子里，住着宝根的娘……

二妞娘家的院门敞开着，俩人一前一后进了门。二妞大着嗓门喊："娘，我们回来啦！"

屋里没回应。

等进了屋，俩人一下子愣住了。只见二妞娘盘腿坐在炕上，好端端的，不像有病的样子。

二妞疑惑地说："娘，你不是病了吗？"

二妞娘笑眯眯地说："娘没病，娘好着呢。"

二妞更不解了："那你……为啥骗我们回来？"

这时，二妞爹提一桶水进来。二妞爹说："是宝根的娘病了。她打电话你们不回来，你娘才让我这么说的。亲家母也可怜啊……"

宝根看看二妞，二妞看看宝根，两个人的脸"腾"地红了。

二妞娘说："还愣着干啥？走吧，走吧。"

宝根和二妞抬腿要走，二妞娘一指炕上大包小包的营养品说："把这些都带走。"

二妞说："娘，这些都是给你买的。"

二妞娘不领情："给我买个屁！我好端端的，活蹦乱跳的，吃这干啥？都拿走，给宝根的娘带上吧。"

二妞娘看一眼窗外，眼里突然有了泪说："宝根二妞你们记着，除了有我这个娘，你们还有一个娘……"

过　河

天阴得厉害，像遮了块破抹布。

墨镜男抱个孩子，高一脚低一脚地奔到河边，扯着嗓门叫起来：“船家，过河喽！”

不一会儿，一条小船晃晃悠悠地从对岸驶过来。

船没停稳，墨镜男一脚跨上去，小船晃了几晃，荡起一圈圈涟漪。墨镜男放下孩子，如释重负般嘘口气，转脸对船家说：“开船啊！”

船家是个六十多岁的老头。船家不急，船家说：“还没讲好价钱哩……”

墨镜男恼了：“你这老头，掉钱眼里了？没见我孩子病了吗？要多少，给你就是……开船吧。”

船家看看墨镜男，再看看沉睡不醒的孩子，从怀里摸出个小手机，握在掌心。墨镜男一惊：“你干啥？”

“给老婆子报个平安哦。”

墨镜男嘟囔：“真啰唆。”

船家拨完号，收起手机，一扬脸，打个长长的呼哨，抑扬顿挫地吆喝道：“开——船——喽！”

竹篙一点，小船便离开了河岸。

墨镜男长出一口气，摸出一根烟点燃，叼在嘴上。

船走得不急不缓，四平八稳。

过了一会儿，墨镜男不耐烦了，一弹手里的烟说：“不能快点吗？”

船家回头看一眼岸边，并没有加速的意思，只是说：“嫌慢？嫌慢你蹚水过河啊。”

墨镜男不吭声了。

船终于抵达河心。船家手里的竹篙往水里一戳，小船顿时泊在那里。墨镜男惊诧：“咋不走了？”

船家说：“我这船，渡善，不渡恶。”

墨镜男一激灵：“你啥意思？”

“啥意思你不懂？”船家说，“你看看孩子的睡相，再看看孩子的手和脚……”

墨镜男一低头，就见昏睡如死的孩子光着一只小脚丫，手腕上还系着一根细细的尼龙绳……

船家说：“从你一上船，我就知道，这孩子不是你的。孩子这般睡相，肯定是你给他灌了迷药……你就是个拐卖儿童的人贩子！”

“你胡说！”

船家不理墨镜男，自顾往下说：“五年前，我四岁的孙子就是在这条河里被人贩子拐走的。为了找孩子，儿子一去不回，媳妇也死在这条河里……好端端一个人家，就这么散了……”

船家抹一把眼泪又说：“我恨透了你们这帮人贩子……也就是从那时起，我干上了这一行。我告诉你，在这条河里，没一个人贩子逃得过我的掌心，你也不例外……年轻人，收手吧，回头是岸，别再干这种伤天害理的事……”

这时,警笛大作,几辆警车同时停在河岸边。

“你……你这个老东西报了警?”墨镜男跃身而起,试图扑入水中。

船家早有防备,手里的竹篙横扫过去,正中墨镜男的要害。墨镜男“妈呀”一声,软软地瘫在船舱里。

小船调转头,像离弦的箭,射向河岸的警车……

那年那月

那年那月。

那是个早晨,乔支书挑着水桶出了门。门道里,蹲着一个人,是村里的何老歪。乔支书说:“老歪,有事?”

何老歪从地上挪起来,跺跺蹲麻木了的双脚,吭哧半天说:“乔支书,求你给我家大棒开个证明,让他跟邻村的二宝去甘肃务工……”

乔支书为难了。沉吟半天,乔支书拧着下巴颏说:“上头有指示,不允许成分高的社员外出务工。你是地主成分,这事不好办。”何老歪说:“乔支书你知道,我家大棒都三十五了,二棒也过了三十。咱家没闺女,换不来亲。哥俩都打光棍,我死不甘心啊……”

乔支书说:“跟着二宝去务工,就能娶回媳妇?”

何老歪好像看到了曙光,忙不迭地说:“二宝娶的就是甘肃媳妇。还有，二宝去年领着他的表弟去务工，年底也领回个甘肃媳妇。”

乔支书说：“就算我给你开了证明，也不见得人家二宝敢领大棒啊。”

何老歪说：“我跟二宝说过了，他说只要乔支书敢开证明，他就敢领。”

乔支书“哦”一声，紧了紧眉头说：“我考虑考虑，三天后，我给你回话。”

何老歪千恩万谢地走了。

三天后的晚上，乔支书悄悄地摸进何老歪家。如豆的油灯下，何老歪和两个儿子正在“稀溜稀溜”喝稀饭。看见乔支书进来，何老歪忙把碗撂一边，搬来一条破板凳，让乔支书坐。乔支书没坐，从口袋里掏出一张叠得四四方方的纸说：“这是证明，盖了公章的。你儿子明天就可以动身。”

何老歪不相信地看着乔支书，抖动着手接过证明，展开一看，呆了。何老歪哆嗦着嘴唇说：“乔支书，咋两张啊？”

乔支书说：“一张是办，两张也是办，倒不如让二棒也一块去务工。没准儿赶年底能领回两个媳妇来呢。”

何老歪两腿一软，就要给乔支书跪下，被乔支书拦住。乔支书要走，临出门时，回头叮嘱何老歪说：“记着，这件事你不要乱说。要是有人问起大棒和二棒来，你就说他们被县里抽去修水库了。”

何老歪抹把眼角的泪，点头如鸡啄米。

没有不透风的墙。半个月后，大棒二棒俩地主崽子外出务工的事还是被公社革委会主任马文革知道了。马文革暴跳如雷，一个电话摇到队部,命乔支书立马到革委会听候处理。

消息传开,大家都替乔支书捏了把汗。第一个登上门来的是何老歪。何老歪进屋时,乔支书正在埋头整理铺盖卷儿,一旁的老婆不住地抹眼泪。

何老歪一把拉住乔支书的手说:“乔支书,都是我给你惹的祸……你不能去,你这一去,凶多吉少啊。”

乔支书淡然一笑:“大不了撸掉我的支书一职,再进学习班学习半个月。半个月后,我一准回来。”

“乔支书,你就再给我开个证明吧。”

“还开证明?”乔支书嘿嘿笑了,“咋?你也想去务工?也想领个甘肃老伴回来?”

何老歪认真地说:“我去甘肃,是把大棒二棒找回来……我不能害你。”

“甘肃那么大,你上哪儿去找?”

何老歪说:“就算走遍甘肃,我也一定把他们找回来!”

“就你?拉倒吧。我可不想看着你把一把老骨头扔在甘肃。”

说完,乔支书把铺盖卷往肩头一搭,大步跨出门去。

“乔支书——”何老歪一声喊,“扑通”地跪在门口,泪如雨下……

谷　雨

中午，谷雨从地里回来，刚端起饭碗，黑娃一步跨进了门。黑娃是来借钱的。黑娃说："谷雨哥，借我一千块钱，有急用。"

谷雨和黑娃从小一块长大，一个村东，一个村西。谷雨知道，黑娃好赌，手里有俩钱，烧得不行，就往牌桌前凑，把日子过得叮当响。为这事，黑娃媳妇闹过，谷雨劝过，不管用。谷雨留了一个心眼，说："借钱可以，但你得说个还钱的日期呀。"

"半个月吧。"黑娃想了想，肯定地说，"就半个月！"

"半个月还不了呢？"

黑娃挠着头说："家里还有一头牛。还不了，那头牛你牵走。"

谷雨放下碗："好，咱立个字据。"

立好字据，黑娃拿着钱走了。谷雨媳妇埋怨谷雨说："你咋借钱给他呢？黑娃好赌你不是不知道……这钱，你要，还是不要？"

谷雨又端起了碗："要，咋不要？"

一晃，半个月过去，黑娃没来还钱。谷雨就去了黑娃家。

原来，黑娃那天输了钱，找谷雨借，想捞回来，没捞着，把那一千块也捞没啦。黑娃的头勾到裤裆里，声音低低的，软软的，像蚊子叫："谷雨哥，你再缓我几天行不？"

“咱立了字据，就照上面的办。”谷雨黑着脸出了门，进了牛棚，把黑娃的牛牵走了……

这事很快在村里传开了。村里人说啥的都有，有骂黑娃的，也有骂谷雨的。谷雨只当没听见。村主任见了谷雨说：“听说你牵走了黑娃的牛，这么弄，不妥吧？”谷雨说：“借钱不还，以牛抵债，没啥不妥的。”

谷雨牵走牛的第三天，黑娃来了。他是来赎牛的。黑娃把一千块钱往谷雨面前一撂，转身要去牵牛。

“等等。”谷雨点支烟，面沉似水，“哪来的钱？”

黑娃没好气地说：“找我二大爷借的，不行吗？”

谷雨拿起钱，抖抖，啪，扔回去。

“想牵走牛，再拿这个数！”谷雨冷冷地说。

黑娃一下子跳起来，俩眼珠子瞪得溜圆：“你，你坑人啊？”

谷雨吸口烟：“坑了，你自找的！”

黑娃呼哧带喘，抬腿便走，一脚踹翻了地上的板凳。

那天，谷雨媳妇牵着牛到河边饮水，回来告诉谷雨，说她看见黑娃扛个铺盖卷儿出了村，好像是去山外的砖场打工的。谷雨听了，笑笑。

日出日落，秋天说来就来了。

是个清早，黑娃媳妇带着两千块钱进了谷雨家的门，她是来替黑娃赎牛的。

谷雨说：“黑娃呢，他咋不来？”

黑娃媳妇说：“砖场忙，又是装窑，又是出砖的，脱不开身……这钱还是黑娃托人捎回来的。”

谷雨拿了钱，抽出一半，把另一半还给黑娃媳妇。黑娃媳妇有点蒙:“不是两千块吗?”

谷雨说:“牛,你牵走;钱,你拿回去……”

黑娃媳妇出门时,日头已爬过了东山顶。

那天,黑娃媳妇是抹着眼泪走出谷雨家大门的……

代理村主任

村主任老尹坐着儿子的小车刚出村口,就被马刚拦下了。

老尹懒得下车,降下车窗玻璃,探出半个脑袋说:“马刚,你挡我车干什么?”

马刚说:“你别揣着明白装糊涂。咱村的路修了一半,撂那儿了,成了半拉子工程。这事你总得有个交代吧?”

老尹撸把鼻涕,“啪”地扔车窗外说:“交代什么?跟谁交代?”

马刚说:“大伙信任你,选你当村主任,你不能这样啊。”

老尹说:“对,我就这样了,你们爱怎样就怎样吧。”

马刚火了:“信不信我告你?”

“告啊,爱上哪告上哪告!”老尹不理马刚了,冲着儿子一摆手。儿子一踩油门,小车“噌”地蹿出去老远,差点把马刚带个趔趄。

望着绝尘而去的小车,马刚狠狠地啐了口唾沫。

马刚回到家,饭也不吃,推出摩托车要出门。媳妇端着一碗饭撵过来说："你干啥去？"

"告状。"

"告谁的状？"

"老尹。"马刚跨上摩托车，"你看看咱村的路……那叫人干的事吗？"

媳妇扒拉一口饭，腮帮子一鼓一鼓地说："咱村三百多号人，男男女女，老老少少，就硌你脚？就你看着不舒坦？"

"别人怎么看，是别人的事。反正我看着不舒坦就不行。我就不信，告不倒老尹。"

"告吧告吧，告倒了老尹，没准儿你还当村主任哩。"媳妇说完这话，扭着屁股回屋去了。

马刚突然想起了什么，扯着嗓门冲隔壁院里喊："二国兄弟在家吗？"

随着一阵脚步声，院墙冒出个圆脑袋。二国说："刚哥，啥事？"

马刚说："前天你不是说过，我哪天到乡里告状，你也一块去吗？"

"说过是说过，可我今天有事……老丈人捎话过来，让我帮着锄玉米，不能不去啊。"一晃，圆脑袋没影了。马刚咬牙切齿地骂一句，一脚踹着摩托车，轰隆隆地驶出院门。

出门不远，迎面碰上挑着一担水的小满。小满说："刚哥，一大早的，你这是上哪？"

马刚停下摩托车，两脚点着地说："去乡里，你没见咱村的路……"

"告状啊？"小满把扁担从右肩换到左肩，"省省吧刚哥，这种事多了去了，你能告得倒？”小满还想说什么，就见马刚铁青了脸，要揍人的样子，便赶紧闭了嘴。

日头一竿子高的时候，马刚就来到了乡政府。马刚眼尖，一眼就看见老尹儿子的小车停在院里。马刚没有多想，抬腿直奔乡长办公室。

乡长在，老尹也在。

看见马刚进来，乡长说：“你谁呀？敢闯我办公室？”

马刚说：“我叫马刚，我来告状。”

乡长来了兴趣：“告哪个？”

马刚一指坐在乡长斜对面的老尹：“告他！”

“告他什么？”

马刚说：“我们村的路修了一半，不修了，成了烂尾工程。老尹他是村主任，他得负这个责。”

乡长哈哈一笑：“好，告得好！”

马刚看看老尹，再看看乡长，一脸的不解。

乡长站起来，一手拧着下巴说：“总算让我们找到了一个合适的人选。”

马刚更糊涂了：“乡长这话，啥意思？”

乡长说：“老尹的脑子里长了个瘤，要去北京动手术。就算手术成功了，他也不能干这个村主任了。现在还不到换届选举的时候，只能找个代理村主任。这事我们一直瞒着，就是想看看你们村有没有人敢站出来管管这事。谁站出来，这个代理村主任就是谁……”

马刚吓了一跳，连连摆手：“不行不行，我可当不了这个代理村主任。”

“怎么不行?”乡长的脸一板说,“就冲你敢闯我办公室,就冲你敢讲真话,这个代理村主任,非你莫属……”

父与子

佟铁下班回到家,儿子殷勤地捧上一杯热茶。

茶香袅袅。佟铁端起茶杯,笑眯眯地看着儿子说:“你小子,有事求我?”

儿子拉条板凳,坐到佟铁的对面:“爸,建设局招人,我被聘用了,下个礼拜就去上班。”

佟铁端茶杯的手一抖:“啥时候的事?”

“几天前吧。怕你拦着,就没告诉你。”

佟铁哦一声,说:“你打了我的旗号?”

儿子说:“没有。”

佟铁目光如炬:“真的没有?”

儿子低了头,又抬起来:“打了。你是我爸。”

佟铁面沉似水,把茶杯往桌子上重重地一放:“胡闹!”

佟铁是半年前从市里空降到河西县任纪委书记的。有关建设局的问题,他已了解到不少。上个星期,纪委已正式将建设局等三家单位列入重点查处对象。建设局这个时候招人,而且招的是他佟铁的儿子,其用意不言而喻……

佟铁看着儿子说:“你找工作我不反对,可建设局你不能去,至少，现在不能。”

“为啥？”儿子急了，“虽说我打了你的旗号，可我也是凭实力上去的呀……”

佟铁说：“爸只想挺直腰杆做人！”

儿子反驳：“我进了建设局，你的腰杆就弯了？”

佟铁吼：“不弯那是神仙！”

儿子咬着牙，憋着，硬是不让泪水掉下来。

儿子是在两天后的一个下午离家出走的。佟铁没想到，儿子走得那么干脆，没留下只言片语。

佟铁打儿子的电话，儿子不接；发短信给儿子，儿子不回。

佟铁等来儿子的电话，是在一个礼拜后的晚上。这天，也正是纪委进驻建设局的日子。

儿子说：“爸，我想通了，你不让我进建设局，是对的……”

佟铁笑了：“想通了，就回来。”

“不行啊。”儿子说，“我明天要上班，不能回去。”

佟铁一惊：“在哪上班？”

儿子说：“建设局啊。”

佟铁再次怒火中烧，一掌击在桌子上：“混账，怎么还是建设局？”

电话那头，儿子咯咯一笑，说：“爸，咱河西县建设局我不能去，河东县建设局我也不能去？你也太霸道了吧？”

“你是说，你进了河东县建设局？”

“爸，这回，我可没打你的旗号。”

佟铁哈哈一笑：“打也白搭，爸的旗号在人家那边不吃香。”

“挂了啊，爸……我妈不在身边，你要照顾好自己。饭要按时吃,觉要按时睡,不能老啃方便面,不能老熬夜……对了,我给你买的那些药在电视机下面的抽屉里,记得按时吃……等有空了,我就回去看你……”儿子说着,说着,哽咽了。

那一刻,佟铁的眼里,也有泪水涌出……

父亲种瓜

父亲种了两亩西瓜,瓜地紧傍着大路。

盛夏,酷热难耐。父亲种的瓜成熟了,个个滚瓜溜圆。过来过往的人看见一地的西瓜,忍不住放慢了脚步。这时,父亲总会摘一个西瓜说:“兄弟,天热,吃个瓜再走吧。”过路的人也不推辞,来到树荫下,盘腿坐在父亲对面,捧一块西瓜,“咔嚓咔嚓”吃得山响。

吃完瓜,过路人抹抹嘴巴,问父亲多少钱。父亲摆摆手说:“自家种的瓜,要啥钱啊?”

日子一天天过去,父亲瓜地里的瓜越来越少。我不满地对父亲说:“你辛辛苦苦种的瓜,一分钱不收,图个啥?”父亲嘿嘿地笑着说:“瓜是少了,可我的朋友多了。你说值不值?”

回到家,我把这事跟母亲说了。母亲说:“别人种瓜种菜,图的是个钱,他图啥呀?白费了那两亩好地。”母亲又说:“明年,说啥也不让他再种瓜了……”

扯了瓜藤,翻了地,我和父亲种秋白菜。这天,秋阳高照。种着种着，我的肚子突然疼起来，越疼越厉害，疼得我满地打滚儿。

父亲慌了，抱着我跑出了地头。

进城的班车迟迟不来，父亲急得直跺脚。这时，一辆小轿车停在我们身边。车门打开，从里面下来一个中年男人。中年人说："老哥，孩子病了吧？快上车，我送你们去医院。"

父亲把中年人当成跑出租的。父亲问："多少钱？"

中年人说："不要钱。"

父亲说："我不认识你啊。"

中年人说："老哥，你咋不认识我呢？我吃过你种的西瓜，这么大的一个。我们是朋友。"

父亲放心地抱着我上了车……

几天后，我和父亲从医院回来。吃晚饭时，父亲高兴，要喝几杯。父亲一边喝酒一边对我说："小子，你说说，年后，我还种不种瓜了？"

我想起肚子疼的事来，要不是那个中年人拉我们进城，我真不知道能不能扛过来。我赶忙说："我听爸的。"

父亲"吱溜"喝下一口酒，笑眯眯地看着母亲说："二比一，你反对也白搭。嘿嘿，年后，我还得种瓜……"

村主任在线

村主任问:梅清在吗?

村主任又问:大国在吗?

村主任建了个QQ群,取名“村主任在线”,成员都是村里外出打工的人,有男有女,一百多个人呢。近的,在县城周围。远的,南边有广州、深圳等地,北边有哈尔滨、大连等城市。

群里规定,每个礼拜天的晚上八点到九点,是“村主任在线”的时间。成员有啥事,可以跟村主任当面说,也可以给村主任留言。

村主任有个小本子,事先把要说的内容“一二三”排列起来,然后逐个解决……

村主任进了群,发现有好多成员的头像已经亮了起来。村主任打开小本子,先从第一件事说起。

村主任问:周鱼在吗?

不管对方头像亮不亮,村主任问谁,就这么个开头。

周鱼是二狗的媳妇,在省城给一个老总家当保姆。

周鱼回:村主任,我在呢。

村主任说:你家二狗申请的宅基地批下来了。

周鱼回:真的啊,太好了!

村主任说:周鱼你在哪上的网?可别走远了。

周鱼回:老总待我不错,听说咱有个“村主任在线”,就让我在他们家上一个小时的网。

村主任说:二狗腿脚不利索,盖房是大事,你还是回来吧。

周鱼回:好,我听村主任的。

村主任又问:二虎在吗?

二虎回:我在,村主任。

村主任说:你的腰有毛病,东北那地方冷,你娘给你缝了件狗皮背心,要我把你的地址再核实一下,免得寄错了。

二虎回:好,我这就把地址再发一遍。

村主任又问:王小孬在吗?

王小孬的头像灰着。村主任知道,王小孬和皮豆在广东的一家电子厂打工,俩人住一块。村主任问皮豆:王小孬呢?

皮豆回:王小孬买了个旧手机,用手机上网,可能隐身了吧?

村主任说:隐个屁的身!王小孬你听着,你爹上个月做了个手术,五千块钱是你哥王大孬东挪西借凑齐的。你哥的情况你也知道,两个孩子,一个读大学,一个念高中,日子过得紧巴巴的。你不念兄弟情,也该讲讲父子义吧?

王小孬的头像忽闪了一下:村主任,咱私聊。

村主任火了:私聊个屁!都是一个村的人,谁瞒谁呀?就这说!

皮豆说:小孬哥怕媳妇……

村主任说:这是原则上的事,光怕顶屁用?下午我找过小孬媳妇了,她说,这事由你自己看着办。

王小孬回:过几天就发工钱,我先给爹寄两千吧。

村主任说:好,一言为定。王小孬,咱丑话说前头,如果下个礼拜天你还没给你爹寄过钱来，我一脚踢了你！

王小孬回：村主任，千万别踢我。那样，我咋有脸回村啊！

二虎插话问：村主任，你上次说，咱村不是要办一个无公害绿色蔬菜基地吗？有没有影儿？

皮豆也问：对呀，有影没影？

村主任说：谁说没影？我不是想给你们一个惊喜吗？到时候，你们一个个麻溜给我滚回来。

二虎问：那咱的“村主任在线”不就散了？

村主任说：散了好，省得我打字打出一脑门子的汗。到那时，我想骂谁就骂谁，张嘴就来……

村主任看看时间，还有五分钟。

村主任问：梅清在吗？

村主任又问：大国在吗……

走　　山

小亮报名回来，天就过了晌午。

娘把饭端上了桌，小亮边吃边说：“我爹呢？”娘一脸恼怒地说：“问他干啥？肯定又死在哪个牌桌上了。你看看这个家，有几样值钱的东西？你立马就要到城里念高中了，我倒要看看，他狗日的老三拿啥供你？”小亮说：“我爹不是好久不赌了吗？”娘说：“狗能改了吃屎？他要是不赌了，我头朝下给他走三圈……”

小亮和娘正说着话，隔壁的二婶过来串门。二婶一边纳鞋底一边对娘说："一大早，我看见你家老三出了村，往南山去了……他是去走山的吧？"

二婶说的走山，其实就是到山里砍山柴。那时候，没啥挣钱的门路，男人们除了挣工分，就是到山里砍山柴。山柴砍回来，一捆一捆地码在院墙下。等山柴干透了，再一捆一捆地挑到镇里去卖。镇里有粮站，有供销社，家属们爱烧山里的干柴。一捆山柴两块钱，在村里人眼里，那可是一笔不小的钱……

娘一撇嘴说："他二婶抬举我家老三了吧？他走山？那是公鸡下蛋、叫驴下驹的事儿，我想都不敢想啊。"

二婶说："话不能这么说，人都是会变的。你家小亮争气，书念得好，考上了县里的高中，他当爹的能不替儿子着想？"

娘说："着想个屁！他要是懂得替儿子着想，早就不赌了。"

二婶又说："那你说，老三他不走山，一大早的进山干啥？"

娘说："鬼才知道。"

日头很快就落山了，夜像张大网严严实实罩下来。娘做好了晚饭，是小亮爱喝的疙瘩汤。小亮端起碗，又放下。小亮看着黑漆漆的窗外说："奇怪，我爹咋还不回来？"

娘说："这还奇怪？他回来反倒奇怪了呢。"

小亮说："我爹也许真的走山了……"

娘拿筷子"梆梆"敲着碗，不耐烦地说："吃饭吃饭，热饭也烫不住你的嘴？"

小亮不吭声了。

吃完饭，娘正在收拾碗筷，屋门"咣"地被撞开，村里的老羊倌拎着羊铲跌进门来。老羊倌上气不接下气地对娘说："他婶子，不好了，你家老三出事了！”

娘一愣，“扑哧”笑了：“他能出啥事？是赌钱输了，被人剁了爪子吧？那我倒要给他放挂一千响的鞭炮哩……”

老羊倌说：“哪跟哪啊？是你家老三走山滚坡了……”

娘一下子僵在那里。

老羊倌又说：“你家老三砍了好大一捆山柴回来，在一个山弯里滚坡了……”

走山滚坡，那是件非常可怕的事。当年，小亮的姥爷就是走山滚坡摔死的。娘“嗷”的一声叫，拔腿就跑。门槛绊倒了娘，娘爬起来跌跌撞撞地跑出门去……

爹终于被人抬回了家。

随爹进门的，有三爷、四叔，还有村里的老少爷们一大帮。

油灯下的爹，头大如斗，气若游丝。小亮忽然觉得，这时的爹多像那盏忽明忽暗的油灯……

早有人请来村里的程先生。程先生给爹把过脉，紧皱着眉头，半天不说一句话。

三爷急了，问程先生：“到底咋样？不行赶快进城吧。”

“对，进城吧。晚了也许真的没救了。”四叔说着，跑过去就要卸门板。

程先生叹口气，缓缓地摇摇头说：“早几个时辰抬回来，兴许还有救。晚了晚了……”

当天夜里，爹死了。小亮知道，他和娘的天塌了。

给爹下葬那天，雨下得稀里哗啦，小亮哭得稀里哗啦。娘跪在爹的坟前，哭成个泪人儿，任谁都拉不起来……

陈瞎子

八里铺的老陈家，人丁不旺，世代单传，且都是瞎子。

到了陈光明这一代，情况终于有了逆转。陈光明一生下来，两只眼睛又大又亮，扑闪扑闪，像两颗黑葡萄。瞎爹高兴，就给他取了陈光明这个名字。

陈光明改写了家族的历史，爹娘对他自是宠爱有加，陈光明要月亮，爹娘不敢摘星星。村里的孩子，大多1岁就断奶，可陈光明8岁了也没断奶，时常吊在娘干瘪的乳房上，啧啧有声，像只小袋鼠。一天，先生正在台上讲课，陈光明举手喊报告。先生问："啥事？"陈光明咂着嘴儿说："找俺娘吃口奶。"一句话，笑翻了一帮孩子。

一晃，陈光明就到了成家的年龄，可没有哪家姑娘愿意嫁给他。

一天，邻家二奶奶屋里突然起火，火势凶猛，二奶奶被困在里面出不来。陈光明的瞎爹顶着烈火摸进屋里，连拉带拽推出了二奶奶，却被掉下来的房梁砸在里面……后来，二奶奶感激陈光明瞎爹的救命之恩，就自作主张把外孙女嫁给了陈光明。

成家后的陈光明，眼里却见不得娘，常听到陈光明在自家院里骂，骂声传得很远。

陈光明和娘一个户头，分回的口粮一粒不给娘，他吃稠的，稀的也轮不到娘喝。娘绝望了，终于，在一个月黑风高的夜晚喝下一瓶耗子药……

陈光明的日子还是不好过。其实，那时候家家日子都难熬，常常吃了上顿没下顿。

陈光明找到队长，要求当队里的饲养员。队长知道陈光明的德行，冷着脸就是不点头。陈光明扭头就去了公社，找他当革委会副主任的姨哥去了。傍晚，陈光明带回二指宽一张小纸条，队长一看，没辙了，上边的话他不敢不听。

陈光明如愿当上了饲养员，饲养村里拉大车的 12 匹马。

那 12 匹马可是村里的宝啊，三辆马车，春拉秋运，样样都离不开。所以分给马的草多，料也多。可陈光明不这样看，咋说也是牲畜呀，比人还金贵？每次领回马料，不管是黑豆，还是玉米和高粱，陈光明逮个空儿就往家里送。

陈光明的日子滋润了，想吃稠吃稠，想喝稀喝稀。只是那 12 匹马遭了殃，再不是过去生龙活虎的模样……

队长看着心疼，泪在眼眶里转悠。队长不敢来硬的，用乞讨的口气和陈光明商量。陈光明不理这茬，脸一板，戗队长："咱老子为救人，连身家性命都不要了……几斤破马料，算什么？"

那年的冬天来得特别早。第一场雪落下来时，村里还没拉回一车过冬的炭。

那是个清冷的早晨，三辆马车出了村，碾着积雪"吱吱嘎嘎"地上了炭窑。

第二天，临近黄昏的时候，一个不幸的消息传回村里。拉炭的三辆马车下南大坡时，走在头里的那辆马体力不支，突然倒地……马车翻了，马死了，赶车的李大炮脑袋也被磕出个血窟窿……

队长带人赶到出事的地点。大家伙有的扶车，有的捡炭，也有的去拽死去的马。陈光明也混在人群里，躲躲闪闪地忙这忙那。

谁也没有注意到，满脸是血的李大炮啥时抡起了大鞭子。只听“啪”的一声炸响，随着一声惨叫，就见陈光明两手捂着脸蹲在地上，血顺着手指往下淌……

队长忙派人把陈光明送往医院。医生摇摇头说：“没得治了，眼珠子早冒黑水了……”

陈光明成了瞎子。

事后，有村民调侃说：“陈家祖祖辈辈是瞎子，陈光明岂有不瞎之理？”

南　梁　坡

一大早，冯锅子就出了门，他是去找亲家李三骡的。李三骡是个羊倌，每天在南梁坡放羊。

上了半坡，冯锅子一眼就看见了坐在石头上抽旱烟的李三骡。李三骡的身边，是云朵一样的羊群。隔老远，冯锅子就笑呵呵地跟李三骡打起了招呼：“亲家，这么早就出坡啦？”

李三骡没吭声，狠狠地嘬口嘴里叼着的旱烟锅。立时，一股淡蓝色的烟雾在他的头顶飘来飘去。

冯锅子和李三骡的家，一个坡这边，一个坡那边。冯锅子不计较李三骡的怠慢，盘腿坐到李三骡的对面，掏出皱巴巴的一盒烟，抖抖索索地抽出一支递过去。李三骡不接，眼睛瞅着别处说："你……找我有事？"

冯锅子的脸上堆满了笑："亲家，你看香桃住娘家都快半年了，我寻思着，是不是该让她回咱家呀？嘿嘿，不瞒你说，我都想孙子了……"

李三骡把烟袋锅往石头上重重一敲："你想孙子，我就不想？"

"想，想。不过，春兰不是还没开怀吗？"

李三骡脖子一梗说："对呀，我闺女香桃进你冯家的门没一年，就给你家生了个双胞胎，还是带把子的。可你闺女春兰倒好，这都过门两年了，别说生儿子，连个丫头片子都生不出来……到医院一检查，是她不会生养……"

冯锅子的腰一下子矮下去。半晌，冯锅子嗫嚅着说："可这事……咱事先不是谁也不知道吗？"

"现在知道也不晚。"李三骡说，"你别忘了，咱两家可是换的亲，你冯锅子儿孙满堂，总不能让我李三骡当绝户头吧，对不对？"

冯锅子哑了声。

李三骡不依不饶地说："养只母鸡还下蛋哩。早知道你家春兰不会生养，别说换亲，你就是倒贴钱，我儿子也不会要她！"

日头升起老高了，南梁坡暖暖的。可冯锅子的脑门上，早沁出一层密密的冷汗。

李三骡把烟袋锅往腰里一别，拄着羊铲站起身说："你回吧，香桃是不会再进你冯家门儿的……”

冯锅子急了，一把扯住李三骡的手说：“就没个解决的办法啦？”

李三骡的脸上，终于有了笑模样：“办法嘛，倒是有一个。不过，就怕你不应……”

冯锅子催促他：“亲家你说！”

李三骡低头寻思了半天，眨巴着韭菜叶宽的小眼睛说：“春兰不是有个小她两岁的妹妹秋菊吗？”

“对，秋菊是我二闺女，虚二十，还没婆家哩。”

李三骡歪歪嘴说：“要是能让秋菊进我家的门，把春兰换回去……”

“啥啥啥？”冯锅子明白过来，跳着脚嚷，“好你个李三骡，你说得这叫人话吗？我呸呸呸！”

李三骡不搭理冯锅子了，背着手往坡下走。走不多远，回头又说：“爱换不换……想接走香桃他们娘仨，门都没有！”

起风了。冯锅子的心里，像被大风刮过，空荡荡的。他就那么眼巴巴地看着李三骡吆着他的羊群下了南梁坡……

冯锅子到家时，天早过了晌午。秋菊把饭菜端上来，赔着小心说：“爹，我嫂子和侄儿呢？”

冯锅子说：“在李三骡家。”

秋菊说：“他们啥时回来？”

冯锅子说：“人家不让回。”

秋菊说：“凭啥？”

“凭你嫂子给咱家生了双胞胎，也凭你姐没给人家生个一男半女……”接着，冯锅子就把李三骡的话一五一十讲给了秋菊听。

秋菊一听，蒙了："这叫啥事？我不干！"

冯锅子端起碗又放下，眼里突然涌出泪水说："不这么干，你嫂子就回不了咱家，你俩侄儿也回不了咱家……你娘死得早，爹拉扯你们兄妹仨不容易……"

秋菊大辫子一甩，双手掩面跑出屋去……

日子水一般流淌。转眼，就到腊月。

小年这天，天刚蒙蒙亮，冯锅子牵着一头毛驴，歪歪扭扭出了村。驴背上，坐着红衣红裤泪水涟涟的秋菊。

又到南梁坡了。

冯锅子回头望一眼背后灰蒙蒙的村庄，边走边对秋菊说："进了人家的门，好好地过日子。转年，给李三骡家添个胖小子……"

山野空寂，驴蹄嘚嘚。俩人一驴，渐行渐远……

儿子没回家

女人给儿子蒸的水晶饺子已经出笼了，亮晶晶，香喷喷。

儿子在城里读高中，两礼拜回家一次。今天礼拜六，是儿子回家的日子。儿子爱吃女人做的水晶饺子，打小就爱。所以，每逢儿子回家，女人再忙，也要给儿子做一笼水晶饺子。返校时，儿子还要带上几个。

女人瞥一眼柜盖上的那只老座钟，已是下午五点。往常的这个时候，随着院门“吱呀”一声响，一身校服的儿子就会挤进来。儿子进门的第一句话就是：“妈，我饿了。”女人会忙不迭地盛一碗水晶饺子递给儿子，然后看儿子狼吞虎咽地吃。

都六点半了，儿子还没回来。女人坐不住了。通村的中巴车常晚点，可也没这么晚过。女人想起来了，和儿子一块读书的还有村里的明明。于是，女人抬腿出了门。

这个时候，人们都在赶早摸黑地忙夏锄，村街上显得很空旷。走不多远，女人就看见穿蓝底白杠校服的明明正向这边走来。

女人站下，说：“明明，我家亮亮呢？”

明明说：“姨，他这个礼拜不回来了，去了城里的同学家。”

女人说：“去人家家里干什么呀？不是给人家添麻烦吗？”

“我也不知道。听他俩悄悄地说，好像有啥要紧的事要办。”明明说，“哦，对了，亮亮交代我，他的生活费不要带那么多，有一百五就够了。”

儿子刚进城念书时，两个礼拜就带一百五十块钱。后来，看着儿子光长个不长肉，像根豆芽菜，缺营养呢，女人就给儿子多拿了五十块钱。女人不解，儿子咋要少拿五十块呢？

女人回家后，拿出那个熟悉的布包，一层层展开，里面除了一张五十的，全是十块五块的。女人数了数，就一百块钱。男人已经好久没给家里捎钱了。女人想，该给他打个电话了。

男人在城里一家砖厂做水泥砖。那是个又苦又累的活儿，一般人扛不下来，可男人为了多挣钱，仗着自己身板壮实，硬是坚持了下来。想到男人在砖厂里出力流汗，女人满肚子的话不知怎么说。

男人倒是很大度，呵呵地笑着说：“家里缺钱了吧？我就知道……唉，砖厂不景气，做出来的砖卖不出去，都几个月没开工钱了。还好，厂长答应明天上午开一部分，我下午就托人捎回去……不耽搁咱儿子念书用吧？”

“不耽搁，不耽搁。”女人说，“你明天休息吗？”

“休息啊，咋？有事？”

“砖厂离儿子的学校不是几站路吗？你明天坐公交去一趟吧。咱儿子这个礼拜没回家……”

男人一惊：“没回家？咋没回家呢？该不是去了网吧吧？”

女人说：“说啥呢？是去了同学家。不过，我还是不放心，所以才让你去找找他，顺便把生活费也给了他。儿子说少拿五十块，他正长身体呢，不能听他的。对了，他同学叫杨波，家就在学校后面的那几排平房里。见了儿子，别忘了给我回个电话啊。”

“好好好，我明天去。”

第二天，天刚蒙蒙亮，女人就起了床。地里的玉米刚锄了一半，草长得旺，得抓紧锄，那可是一年的收成哩。

日上三竿时，因为惦记着儿子的事，女人就扛着锄头回家了。到家的女人顾不上喝口水，再次拨通男人的电话。

男人说：“知道你不放心，正要给你打电话呢……哦，我刚开了工钱，这会儿正在公交车上呢。”

女人说：“见了儿子，给我回个话。”

“嗯。”

女人出门去喂鸡，刚挖了一碗玉米撒到院子里，电话又响了。女人咚咚咚跑回来，一把抓起了电话。

男人说：“哎，我看见咱儿子了！”

女人一愣：“在哪？”

“在马路牙子上帮人发广告呢。”男人顿了顿又说，“我听人说，发一天广告，能挣五十块钱……你看，这大热的天……”

女人的声音突然有些哽咽：“这个傻儿子……”

远　　方

老大抱着脑袋，哼哼唧唧不起床。

媳妇问，怎么啦？老大说，头疼。媳妇急了，起来，上医院！老大躺着没动，说再等等。

八点一到，老大的头痛加剧，就像有人拿刀割他的头皮，撬他的头骨。媳妇急了，赶忙把他送到医院。

一路检查下来，老大的脑袋没毛病。

这时，老大靠在媳妇的肩膀上说，我想睡会儿。

媳妇见候诊的长椅上没几个人，就说，睡吧，就一会儿啊。

就像做手术打了麻药，很快，老大就睡过去了。其间，媳妇叫一回，他不醒；再叫，还不醒。眼看都中午十二点了，媳妇正要喊医生，老大醒了。

老大一脸诧异，我咋在这里？

媳妇说，你不是头疼吗？检查没毛病，偏要睡觉……

老大突然想起了什么，掏出手机打电话，是打给二弟的。电话响了半天，没人接。老大再拨，电话被接起来，接电话的是弟媳。

老大说，我弟呢，咋不接电话？

弟媳支支吾吾，你弟他……

老大喊，他怎么啦？说呀！

弟媳嗫嚅道，你弟脑子里长个瘤，刚做了切除手术。怕你担心，就没告诉你。不过你放心，手术很成功……

老大问，我弟……八点做的手术，对不？

弟媳答，对。

十二点下的手术台，对不？

对。

弟媳惊诧，谁告诉你的，哥？

老大的眼里突然盈满泪水——

老大和在远方的二弟，是一对双胞胎……

平　衡

门德坐在门口的台阶上，沐浴着暖暖的阳光，嘴里叼个旱烟袋，朝着空旷的村街上张望。

村街上走过来两个人，一男一女，很亲密的样子。那是麦囤儿子和他从城里领回来的妞，此时俩人刚从镇上拍完婚纱照回来。

麦囤家在村西头的最西边，进进出出，都得从门德家门前的土路上经过。每次路过，麦囤儿子都要停下脚步，递一根烟，微笑着打招呼："门叔，晒太阳啊，我亮子哥没回来？"

亮子是门德的小儿子，跟麦囤儿子一般大，几年前又一块儿进的城。

门德的脸色就有点难看，心里暗暗责骂自己的儿子不争气，一样的打工，就不能像人家一样，也领个妞回来？实在丢人！

俩人的脚步越来越近，就要到跟前了。门德把旱烟袋一磕，转身回屋。

隔着虚掩的大门，门德看见麦囤儿子和他的妞勾肩搭背从自家门前走过。门德一脚踢翻院里的鸡食盆，吓得正在啄食的大红公鸡咯咯咯飞上墙头。

一连三天，天阴沉着，不见日头。门德闷在屋里，心里堵得慌，想压了块磨盘。

好不容易出了日头，门德走出屋，白亮亮的阳光刺了门德的眼睛。

门德揉揉眼，就见几个人从村西头急慌慌地奔过来，脚下荡起一溜黄尘。门德一瞅，都是麦囤的三亲六友或左邻右舍。领头的那个吊眼子，是麦囤的连襟。

一打听，门德才知道，是麦囤儿子的那个妞跑了，还卷走麦囤家卖牛卖羊的三万块钱。这伙人是帮麦囤出来找人的。

吊眼子掏出烟，和门德对了个火，叹一口气说："本来麦囤下礼拜要办喜宴的，酒席订了，请柬发了，连迎亲的小轿车也租了六辆……这下，人财两空！"

门德咧下嘴："哎呀，这可亏大啦！"

吊眼子啐口唾沫："我连襟那小子，就是个不靠四六的东西！"

门德劝:“说啥也没用了,还是出去找找吧,兴许能找到哩。就算人不回来,把钱追回来也成。”

这个说:“找? 上哪找?”

那个说:“追? 追个屁!”

话虽这么说,可几个人还是吵吵嚷嚷地朝村口走去。

看着这伙人走远的身影,门德的心里突然不堵了,他起身下了台阶,背着手,脚步轻快地朝村西头走去,心里说,出了这种事,该去趟麦囤家串个门……

买　　鱼

中午下班,妻子来电话,让我顺带买两条鱼回去。

一进鱼市,有个鱼贩子就跟我打招呼,哟,这不是李老师吗? 来买鱼啊? 我一看,不认识。我说你认错人了吧? 鱼贩子笑笑说,去年市里不是举办了一个小小说创作讲座吗? 李老师在台上讲过课。您不认识我,可我认识您啊。

鱼贩子说着,装了两条鱼,让我拎走。我不接,我说你们做生意也不容易,称一下,我给钱。我掏出一张五十的,他不要,我坚持给,并且说,你要不收钱,我就到下家去买。

鱼贩子无奈,挠挠头,把鱼搁在秤盘上,嘴里叽里咕噜一番后,把鱼和找出来的钱一并递给了我。

我接过钱,数也没数,往兜里一揣,拎着鱼回了家。

到家后，妻子接过鱼，一头钻进了厨房。一会儿，里面传来妻子的叫声，你买的这叫啥鱼？一点都不新鲜。你看，这条鱼的眼睛都瞎了！

我过去一看，果然如此。我没好气地说，这鱼贩子，变着法儿跟你套近乎，到最后坑你没商量。不行，我得找他去。

妻子说算了吧，好歹还有一条好的呢。我说，咱不能花两条鱼的钱吃一条鱼呀！

我提上鱼，怒气冲冲下了楼。

找到鱼贩子，我说，刚才我妻子买回来两条鱼，这鱼我不要了。说着，我把装鱼的袋子丢到他面前。

鱼贩子打开袋子，看一眼说，挺好的鱼，留着下顿吃吧。

我说，我们一个月就吃一顿鱼。

看我态度坚决，鱼贩子说，实在不要就算了吧。

这时，又来两个买鱼的，我不想影响他的生意，就在一边等着。可直到那两个人拎着鱼离开，鱼贩子也没给我找钱。鱼贩子也纳闷，看着我说，李老师还有事吗？

我说，你还没找我钱呢。

鱼贩子说，钱不在李老师的口袋里吗？

我把钱掏出来，一张一张地数，正好五十元。原来，他只是把我给的那张五十的，换成了五张十块的。

我的脸，火辣辣地烧。

灯 光

米爹后天要做手术，可手术费还差五千。没办法，米爹的老伴米婶拨通了儿子的电话，米婶说："你爸后天做手术，还差五千块，你能不能再给想想办法？"

儿子说："行，我收车后就过去。"

晚饭后，儿子来了。儿子把三千块钱交给了米婶。

米婶接了钱，看着儿子说："借的吧？"

儿子点点头。

米婶说："等你爸出院了，咱想办法还人家。"

儿子说："不急，我来还。"

米婶知道，儿子的日子也紧巴。儿子跑出租，起早贪黑，也挣不了多少钱；儿媳没工作，在一家餐馆端盘子。两口子挣的钱，除还房贷，还要供两个孩子上学。自从米爹生病后，儿子没少往医院里垫钱，儿媳也隔三岔五往医院里送饭送菜……这么想着，米婶的眼里就蒙上一层泪。

儿子要走，临出门时回头对米婶说："妈，你别急，差下的两千块，我明天一准送来，说啥也得让我爸顺顺利利地上手术台。"

第二天，太阳落山了，儿子没来；医院里的灯亮起来了，儿子还没来。这期间，医院的催款条又来了好几张。米婶坐不住了，再一次拨通了儿子的电话。

电话里，儿子说："妈，我送了个人，长途，正往回赶呢，估计再有半个小时就到。"

米婶松了口气。米婶说："好，不用急，注意安全。"

果然，半小时后，儿子风尘仆仆地进了病房的门。

儿子喘口气，从左口袋里掏出一沓钱说："这是跟我小舅子借的一千。"又从右口袋里掏出一沓钱说："这是刚刚挣来的……"

米婶说不出是惊还是喜："干啥能挣这么多？抢人了吧？"

"妈真逗。"儿子笑笑，"就送了个人嘛。"

米婶说："啥人这么金贵？"

儿子压低了声音："据我估计，八成是个人贩子……"

"啥？"米婶手一抖，钱"叭"的掉在地上，"你拉了个人贩子？"

儿子说："下午，我从小舅子那里取了钱回来，路过一个菜市场门口，看见一个抱着孩子的男人从对面跑过来。人家本来有车接应的，可那人抱着孩子上车后，车突然就熄了火，怎么也打不着。那人气得一脚踹开车门奔我的车而来，上车后我才发现，那孩子的嘴被堵着，小脸憋得通红。然后，那人命我快开车。我问去哪？他说出城向南，车费一千。我跑呀跑，一气跑出三百里，才停在一座废弃的砖窑前……"

米婶听得一惊一乍，半天才回过神来说："傻儿子，你咋拉人贩子呢？你不能挑到篮子里就算菜啊……"

儿子一时转不过弯来："我跑出租，拉人载客是我分内的活儿……"

"可你拉的是人贩子，拉的是被拐的孩子……你想想，要不是你，那人贩子能顺利地逃出城外？那孩子能被拉出去三百里？说难听点，你就是人贩子的帮凶……"

儿子傻了。儿子的额头霎时冒出一层密密的冷汗。

米婶弯腰捡起地上的钱，把一千块还给儿子说："你拿着。"

儿子嗫嚅道："干啥？"

米婶一指窗外："对面不是公安局吗？你现在补救还不算晚。"

"那……我爸明天的手术……"

米婶说："你爸的手术可以往后推，可抓人贩子的事不能耽搁……你快走啊！"

儿子抹把头上的汗，"噔噔噔"地跑出门去。

一会儿，外面警车出动，警笛声大作。

那一晚，米婶看见，对面公安局的灯光，亮了一夜……

大学梦

红山大队分到一个推荐上大学的指标。

消息传开，五个生产队的社员心里明镜似的，大家伙都知道，这个指标非杨争光莫属。因为杨争光高中刚毕业，而他的爹杨红旗又是大队的支部书记，谁跟他争这个名额，也是白搭。

可有一个人也想拿到这个指标，做梦都想。这个人就是第四生产队社员李三秃的二小子李全。

说起李全和杨争光，俩人还是光屁股玩大的伙伴呢。从小学到高中，又是同班同学。杨争光念书不争光，成绩孬，是班里的垫底生。而李全就不同了，从小学念到高中，一直排行年级前三名，是同学和老师一致公认的好学生。搁现在这个年代，李全考个重点大学，那是囊中取物的事儿，可他生不逢时，偏偏就生在了那个年代。

时世弄人啊……

李全不吃不喝，蒙头睡了两天，吓坏了爹，也吓坏了娘。娘噙着眼泪劝李全："儿啊，咱就这命，认命吧，啊？别跟自个过不去，土里刨食也能活命。"

爹抽完一袋烟，把烟袋锅往炕沿上重重一磕说："这事，要怨，就怨你爹没本事，谁让你摊上我这么个孬爹呢？"

第三天，天刚大亮，李全就来到他以前读书的县一中，敲开了班主任的门。一看失魂落魄的李全，班主任啥都明白了。班主任说："上大学这事，不归老师管，也不归学校管，老师想帮也帮不了你。"

李全不住地点头："我知道，我知道。"李全又说："可我不甘心啊，凭啥我就不能上这个大学？"

班主任眼里有了泪说："我理解你的心情，也知道你上这个大学是人尽其才，可有些事不是我们想得那么简单。"

李全咬着牙，不让眼泪掉下来。

班主任又说："要不，你回你们公社去问问，看能不能通融一下，给你们大队加一个指标。"班主任当下提起笔，刷刷刷，给负责招生的公社领导写了封信，大意是，李全是个品学兼优的好学生，不上大学就白瞎了……

年轻气盛的李全折身去了公社。

负责招生的胖领导冷着脸说："咱公社六个大队，就六个指标,你说说,该不给哪个大队呢?"

李全彻底绝望了,往回走的路上,两条腿如灌了铅般沉重。

夕阳坠入西山背后,四野寂静。走到村头的堤坝上,李全看见一个人站在前边的槐树下。定睛一看,竟是杨争光。

杨争光说:"我知道你去了哪里,也知道你去的结果。"

李全不吭声。

杨争光又说:"咱俩是好兄弟。我知道,你很想上这个大学,也只有你,才配得上这个指标。我愿意把这个名额让给你,你走吧。"

李全吃了一惊,愣愣地看着杨争光。好半天,李全哆嗦着嘴唇说:"那你呢?你咋办?"

杨争光笑笑说:"我本来就不是念书的料,上这个大学也是瞎起哄。你知道,我从小的愿望就是当个军人。新一年的征兵工作就要开始了,我去报名参军……"

李全说:"你爹不会同意的。"

杨争光握住李全的手说:"给我三天时间,我会说服我爹的,放心吧。三天后的这个时候,咱俩还在这里见面。"

说完,杨争光头也不回地朝村里跑去。

没有等到第三天,第二天的中午,一个不幸的消息传来,杨争光不慎落入水库,再也没上来……

毫无悬念,李全拿到了那个上大学的指标。

捧着那张梦寐以求的指标,李全突然跪倒在地,号啕大哭……

打　　牌

高副局长没别的爱好，就喜欢打牌。

在单位里，能和高副局长坐一块打牌的，除了赵科长钱科长，就是孙科长和李科长了，别人想和高副局长打几圈，往往还轮不上呢。

高副局长手气好，牌技精，是牌桌上的“常胜将军”。每次打完牌，钱包最鼓的那个，一定是高副局长的。久而久之，高副局长就成了赵科长他们嘴里的“牌王”。

这样的状况，一直持续了好几年。

去年年底，高副局长年龄“到站”，平稳地从副局长的位置上退了下来。

这时的高副局长，就变成了人们口中的老高。

人是闲下来了，可爱好不能闲。每当牌瘾上来，手痒难耐的时候，老高就会去打赵科长他们的电话。

令人欣慰的是，老高每次打过去电话后，赵科长他们没有表现出半点推三阻四的意思，满口应允，欣然前往。

这让老高倍感受用。

这天是双休日。一大早，老高就给赵科长他们打去电话，交代好打牌的地点和时间。挂了电话，老高收拾收拾，正要出门，却见老伴堵在了屋门口。

老伴说："老高啊，咱不打牌了，行不行？"

老高不高兴了，板着脸说："过去我在位时，只要我想打牌了，不用吱声，赵科长他们就会不请自到；如今，我虽然退下来了，可只要我一吆喝，他们没一个不是屁颠屁颠地来。输点钱不重要，重要的是，我心里畅快啊……"

"你畅快了，我不畅快呀！"老伴说，"知道不？每次你给赵科长他们打完电话后，我就得挨着个地给人家发红包……快一年了，我发的红包，都赶上你的退休金了……"

老高呆若木鸡。

端　午

七婶锄完草从地里回来，顾不得喘口气，喂了鸡，喂了猪，就手忙脚乱地包起粽子来。今天是端午节，媳妇凤儿出门时交代过，要七婶包粽子吃。

七婶正忙活着，院门"吱呀"一声开了，有人进了院子。七婶以为是凤儿回来了，可等她抬头一看，进门的是儿子海青。七婶又惊又喜地说："是海青啊，咋回来也不提前打个电话？"

海青说："工地完工了，下一个工程过几天才开工。今天是端午节，我请了假，回来看看。"

海青瘦了，也黑了。七婶看着心疼，七婶说："回来就好……你歇着，娘给你包粽子吃。"

海青看看屋外，又看看锁着门的北屋说：“凤儿呢？”

七婶一愣，不知道该怎么回答儿子。海青明白了，脸色难看地说：“又去玩麻将了？狗改不了吃屎！这日子，没法过了……今天回来，有她好果子吃！”

海青的脾气七婶知道，真惹急了他，啥孬事都干得出来。七婶一脸的恼怒说：“说啥呀？也不问个青红皂白就急眼，跟谁学的？”海青说：“那她人呢？”七婶说：“地里活忙，锄草去了，一早就出了门。”

海青的脸色缓和过来，抬腿要走：“我去接她，顺便到地里看看。”

七婶拦住海青说：“坐了大半天的车，不嫌累？你歇着，娘去接。不远，就在西坡地。”

海青坐到炕沿边，摸出一支烟点上。

七婶出了门，沿着村街往东走。不用打听，七婶也知道，凤儿又在村东头的二改家玩麻将了。凤儿爱玩麻将，为这事，海青没少跟她吵过架。那时候，凤儿也就是偷偷摸摸玩几把。自从海青进城打工走后，凤儿没人管了，便整天黏在麻将场上，有时能玩几个通宵，家里家外的活儿都推给了七婶。七婶就想不明白，玩个麻将，还能比过日子要紧？

二改家的院门敞开着。隔老远，就能听到打麻将的“哗啦”声和男人女人的笑闹声。七婶走到窗前，一眼就看见了凤儿。七婶冲着凤儿招招手，凤儿不情愿地挪开麻将桌踱出来。凤儿斜眼看看天色，再看看七婶，一脸的不快说：“不是让你包粽子吗？我八圈还没打下来……”

七婶说：“海青回来了。”

凤儿一个激灵，差点跌倒：“啥时回来的？”

七婶说：“刚进屋。”

凤儿不敢再去玩麻将了，弯腰提起趿拉着的鞋跟儿，急急地下了台阶。婆媳俩一前一后朝自家方向走去。

快到院门口时，七婶紧撵几步对凤儿说：“凤儿你等等。”凤儿站下。七婶转身进了对门的三喜家，等她再出来时，手里就多了把锄头。凤儿不解地说：“咱家没锄头？你借把锄头干啥？”

七婶把锄头往凤儿手里一塞说：“给你借的，扛肩上吧。”

凤儿似有所悟，头一次没拒绝，很听话地把锄头扛在肩上。

两个人跨进院门时，海青正好从屋里走出来。看见扛着锄头的凤儿，海青几步下了台阶，嘿嘿一笑说：“我还以为你又去玩麻将了呢……地里的草锄完了没？下午我帮你去锄。”

凤儿支支吾吾答不上来。一旁的七婶赶忙接茬儿说：“锄完了，锄完了。我去喊凤儿时，凤儿正擦锄头要回家呢。”

海青脸上挂着笑，从凤儿肩上接过锄头说：“咱娘老了，身体又不好，我常年打工不在家，屋里屋外全靠你一个人撑着……”

凤儿不敢看海青，低着头不吭声。七婶说：“凤儿，还站着干啥？回屋歇着去，陪海青说说话儿。娘给你们煮粽子去。”

凤儿一把拉住七婶的手，用劲握了握。凤儿眼圈红红地说：“娘，还是您去歇着吧。粽子我去煮……”

凤儿扭身进屋时，眼里蒙上一层泪……

红　　包

老二的脑子里长一瘤，需开刀切除。经院方数次会诊，手术定在明日上午八时。

老二问妻："要不要送红包？"

妻说："那是必须的！"

老二取出事先备好的红包交给妻。妻揣红包悄然出门。

少顷，妻复归。

老二问："收了？"

妻点点头，又撇撇嘴："天下乌鸦一般黑。"

老二遂心安。

第二日，老二准时进了手术室。

老二的手术很顺利，也很成功。

转回病房，老二开口对妻说的第一句话就是："多亏送了红包……"

妻点头："那是那是。"

医生来查房，对老二又是一番嘘寒问暖。

老二暗自感叹，红包的威力，实在是大啊！

查毕，医生忽然从白大褂里掏出一红包，交与老二说："你的红包，请收好！"

老二愕然。

医生道："昨天本来要拒收的，可担心你产生顾虑，影响手术，故替你暂且保管一日……"

老二泪奔。

借 钱

老大的俩双胞胎儿子考上了大学，光学费就一万多。老大东跑西颠，跑细了腿儿，也没把钱凑够。为这事，老大吃不香，睡不安，愁起满嘴的泡。

媳妇说："该借的都借了。实在不行，你跟老二张个口吧。"

老大一听，咧了嘴。老大说："前年，老二盖鸡场鸭场，跟咱借两千块，可咱连一块钱也没借给他。这个时候找他，我咋张得开口？"

"那……咱儿子的大学就不上啦？"

老大点支烟，狠狠地抽几口，烟雾缭绕，罩着老大那张愁苦的脸。

这时，有人敲门。老大开门一看，竟是老二。

老二左手一只鸡，右手一只鸭，风尘仆仆地站在门口。

把老二让进屋，老大说："老二，你咋来啦？"

老二放下鸡，放下鸭，抹一把头上的汗说："听说俩侄子考上了大学，担心哥凑不够学费，就给哥送来三千块……"说着，老二从口袋里掏出厚厚一沓钱，放在面前的桌子上。

老大羞愧难当，一张脸涨成红高粱。老大说："老二，哥对不起你……前年你盖鸡场鸭场，跟我借两千块钱，可我……"

老二摆摆手说："哥的家境我知道，嫂子有病，俩侄儿要上学，你打工也挣不了几个钱……再说，你前年不是还借给我五百块吗？"

"五百块？"老大一头雾水。

"对呀。"老二说，"哥，你忘了吗？那五百块，是你托咱娘捎给我的啊……"

老　农　民

老麦退休后没啥事，就常到离家不远的菜市场溜达。溜达来溜达去，老麦那颗沉寂的心就被溜达活泛了。

老麦的退休金领得不多，除去和老伴的日常开支，还得接济儿子一家。所以，老麦的日子过得并不宽裕。

老麦还不老，身板壮实，腿脚灵活。他想，如果在菜市场摆个摊，做点买卖，既锻炼身体，又能增加收入，岂不是两全其美的好事？

可是，卖啥好呢？

经过一番细致的观察，老麦发现，农产品的销路特别好。比如不喷农药的蔬菜，不施化肥的杂粮；比如农家养的土鸡，还有土鸡下的土鸡蛋，都是抢手货。老麦还发现，这个菜市场卖土鸡蛋的就一家，还三天两头地不开门。于是，老麦打定主意，要卖就卖土鸡蛋。

老麦卖土鸡蛋，还有一个便利的条件，那就是货源不用愁。老麦有个二妹在乡下，二妹的村里，家家养土鸡，户户有土鸡蛋……

回到家，老麦就给二妹打电话。一听老麦让收土鸡蛋，二妹笑了："别的忙我帮不上，你要土鸡蛋，说个数。"

老麦说："先少收点，100个就够了。"

100个土鸡蛋捎回来，老麦分装在两只竹篮里，然后拎着来到菜市场。

事情并不像老麦想得那么简单。老麦的100个土鸡蛋在菜市场摆了三天，没卖出去一个。来来往往的人倒是不少，可都是看一眼土鸡蛋，再看一眼穿戴整齐的老麦，然后扭头走开。

咋回事？老麦糊涂了。

糊涂了的老麦就向邻摊卖煎饼的胖师傅请教。胖师傅一指身上的白大褂，再晃晃头顶的大白帽，说："进啥山唱啥曲儿……包装懂吗？你得包装！"

老麦如醍醐灌顶，拍着脑袋回了家。

老麦再次给二妹打电话，要二妹给他找包装。二妹说："哥呀，你要的包装咱家就有，我这就给你捎过去。"

第二天，老麦收拾一番，拎着土鸡蛋就出了门。

老麦来到菜市场，刚把摊位摆好，就有人要买他的土鸡蛋。而且，这个刚走，那个又来。老麦忙出一脑门子的汗。还没到中午，老麦的100个土鸡蛋便销售一空。

老麦嘿嘿地笑，边数钱边说："多亏了这身包装啊……"

啥包装?

你看老麦——土布褂,土布裤;头戴一顶旧草帽,脚穿一双沾满泥巴的粗布鞋……活脱脱一个乡下老农民。

姥姥门前唱大戏

正月初八一大早,天才刚刚亮透,屋顶上的炊烟还在飘飘摇摇,大舅就赶着一辆骡子车,得得得,进了我家的院门。

骡是大青骡,车是花轱辘车。只是,车斗子上加了个竹子编的棚子,外面用棉被裹了,暖暖和和的,像个小窝。

姥姥门前唱大戏。大舅是来接我们去看戏的。

那年月,乡村没啥娱乐的,看戏成了最大的奢望。有句话不是说宁舍一斗米不舍一场戏吗?

娘一手托着炕沿,一手抚着高高隆起的肚子,对跨进门来的大舅说:“哥,你咋来了?是不是……咱爹病了?”

大舅摇摇头,摘下棉帽,脱掉手套,两手在脸颊上上上下下搓揉几下说:“咱村请来戏班子,下午开场,要唱三天大戏……爹和菊婶让我过来接你们去看戏哩。”

娘别转脸,语气坚定地说:“不去!”

大舅不急,盘腿坐在我家炕头上,接过爹递来的旱烟袋,吧嗒几口说:“哥知道,你心里的那个疙瘩,没解开。你眼里只有咱娘,容不得菊婶,所以,三年了,你不曾回过娘家。可再怎么说,娘已经不在了，咱爹才六十多，你就愿意看着他一个人孤孤零零地过下去？老伴老伴，老了才是个伴，儿女们再孝顺，也抵不过一个知冷知热、贴心贴肺的老伴……你说是不？”

娘不吭声。一旁的爹插嘴说：“孩子他舅说得在理。”

娘白一眼爹：“要你多嘴？”

“哥也知道，我说菊婶好，你一百个不乐意，可事实就是这样，哥不能睁着眼睛说瞎话。菊婶人好，心眼也好，自从进了咱家的门，你没见咱爹，活得那叫一个开心，就连走路都哼着小曲儿呢……菊婶知道你肚子里怀了孩子，年前熬了几个通宵，就着煤油灯，给孩子缝了虎头帽和虎头鞋。她说，不管你愿不愿意接受，这是她这个当姥姥的人该做的事儿。”说着，大舅从怀里掏出一个布包，一层层地展开，露出一顶虎头帽一双虎头鞋。

今年是虎年，娘肚子里的孩子该属虎。

看着精致漂亮的虎头帽和虎头鞋，娘的眼里霎时蒙上一层泪。

大舅看着娘说：“往年，咱村唱大戏，戏台都是搭在村头的老槐树下。可今年，你知道搭哪啦？”

娘不解地摇摇头。

“就搭在咱家门前的晒场上……”

娘更是一脸的迷惑。

“菊婶盼你回娘家盼了三年。她知道你身子笨，去老槐树下看戏不方便，便三番五次找她当村主任的儿子，人家才勉强答应把戏台搭过来……”大舅抬手刮了一下我的鼻尖说，“这才真的是姥姥门前唱大戏呢。”

爹悄悄碰碰娘：“你都三年没回娘家了，今天就坐大哥的骡子车回一趟吧。家里有我呢。”

娘含着泪点点头。

吃过早饭，日头刚刚冒红，我们便上了路。

山弯里，小道上，大舅赶着骡子车，嘚嘚前行。

车斗子上的小窝里，坐着我和娘。

娘掀开棉帘，看看外面的山、外面的路，一脸的焦灼。娘是嫌山高路远吗？

八岁的我，爱看戏，更爱凑热闹。我的耳边，早已响起姥姥门前唱大戏的锣鼓点儿……

柳　摆　渡

村头的老石桥塌了，一时修不起来，于是，柳摆渡又干起了他的老本行。

河，还是那条河；船，还是那条船。不同的是，柳摆渡渡人过河涨了价，每人十块，不分大人孩子。

一时间，村里怨声载道，骂声不断。

村主任找到柳摆渡说：“乡里乡亲的，你就不能少收点？”

柳摆渡的脖子一梗：“黄瓜都涨价了，我不涨价，一家老小喝西北风啊？”

有怨言归有怨言，可该出的门还得出。出门就得坐船，坐船就得乖乖地把钱递到柳摆渡的手里。

一天，在城里的大刚要回村，坐的就是柳摆渡的船。下了船，大刚掏出十块钱，柳摆渡不接，又伸出五个手指头来回晃："你得加这个数。"

"凭啥？"大刚扭歪了脖子。

"凭你是大老板，来钱快。"

大刚哭笑不得，又掏出五块钱，扔到柳摆渡的船舱里，撂一句："你这个老财迷！"

柳摆渡不恼，弯腰捡起钱，宝贝似的揣进口袋里。

日子像村头的河水，不急不缓地流淌着。

这天，村头来了一支施工队，运水泥，拉钢筋，一派繁忙的景象。

这是要修桥了啊！村里人高兴得跟过节一般。有人问村主任："咱村不是没钱吗，哪来的钱修桥啊？"

"有人捐的……"

"谁呀，这么有钱？"

村主任嘿嘿一笑，手指朝远处一指。

众人看到，岸边的船头上，坐着笑眯眯的柳摆渡……

麦 草

漫天的雪花，飘飘洒洒。

天已经擦黑，爹才从外面回来。

娘划根火柴，点亮油灯，边挑灯芯儿边说："逮着偷咱麦草的那个贼了吗？"

爹抖抖肩上的雪花："逮着了，逮着了。"

"谁？"

爹不接话，一屁股坐在炕沿上，掂起旱烟杆，挖一锅烟叶子，就着油灯点燃了，深深地吸一口，很受用的样子。娘等不及了，催促爹道："谁呀？你要急死人吗？"

爹吐出一口浓烟："是村西头的杏儿……"

"她？"娘一激灵，"那……咱家麦草呢？"

"还能让她背走？"爹腮帮子瘪了又瘪，手里的旱烟杆明明灭灭，"留场院里了。"

"她人呢？"

爹说："那杏儿还是个孩子，不省事，就放她走了。"

娘噌地跳下炕，凶巴巴瞪着爹："凭啥放她走？她小，是个孩子，不省事，可她那个寡妇娘也小？也不省事？她偷咱家麦草不是一回两回了，有再一再二，没有再三再四。咱家那垛麦草，可是咱那头牛今冬明春的口粮哩，就这么让她偷光？你不想得罪人，唱你的红脸去；这个黑脸，我来唱。我这就找她的娘去！"

爹伸手去拽娘，没拽住。娘一阵风似的蹿出门去。

娘去得快，回来得也快。

这回，娘跨进院门没进屋，而是一头扎进我家的偏屋里。

这女人要干啥？屋里的爹有点慌张，扔掉旱烟杆，拔脚出了屋。

偏屋里，娘蹲在地上，面前搁一只大箩筐，她正一块一块往箩筐里捡炭块。那黑乎乎的炭块，是我家过冬烧火炉用的。爹狐疑:“你这是?”

娘捡炭块的手并不停下,自言自语:“麦草不经烧,炭火才暖和呢……”

爹嘿嘿一笑,蹲下了身,和娘一道捡炭块。

满满一箩筐的炭,少说也有八十斤,娘“嗨”地抬起来,搁肚子上顶着。出了偏屋,娘回头冲爹说:“大老五你知道,我王二花可不是省油的灯,哼!”

爹点头如捣蒜:“不省油,不省油……”

娘两手一使劲,提一下箩筐,又说:“我要不是看她们屋里冻得像冰窖;我要不是看那个寡妇病得满嘴说胡话……我王二花能饶得了她们? 哼!”

爹用力绷住笑:“饶不了,饶不了……”

娘大约感觉到怀里的箩筐越来越重,大有将她拽倒之势,便赶紧闭了嘴巴,屁股一扭一扭地出了门。

身后的爹,肆无忌惮地笑起来。

漫天的雪花,飘飘洒洒……

木 匠 二 水

二水是我们村的木匠。

小时候,二水个矮,比同龄孩子矮一头,长相也丑。二水的娘有远见,在二水十二岁那年,就送他去学木匠。一般人学木匠,满三年就出徒了，可二水跟着师傅学了整整六年，才离开了师傅。

那年代，木匠吃香，家家户户都用得着，大到起房盖屋，婚丧嫁娶，小到犁耧耱耙，桌椅板凳。二水从当木匠那天起，就没在家里吃过几顿饭。有时，为请二水做木匠活，村里人还得排着队呢。

短短几年时间，二水出了名，名声传遍十里八乡。

这时的二水，也到了成家的年龄。不少人给二水提亲，可一个没成。二水看上了村头的米粒。米粒从小死了爹，和寡妇娘相依为命。二水托媒人去提亲，米粒娘笑眯眯地看着媒人，不拒绝，也不点头。问急了，就一句话："米粒还小，等几年再说吧。"

米粒娘不急，二水的娘急。她早把屋子收拾妥当，给二水当新房，还托人买回一车圆木，要二水给自己打一套上好的家具。

开工那天，队长来了。瞅着队长的脸色，二水就知道，他的家具做不成了。

几天前的那场暴雨，冲垮了村头的老木桥。眼看要收秋了，社员们进进出出的，没个桥可不成。队长说："二水啊，村头的桥你也看到了。你是木匠，修桥的事就交给你了。"

二水的娘挡在队长面前说："修桥也行，得有木料啊。"

队长一指院里码着的圆木说："舍小家顾大家吧，全村人都盼着你出面修桥呢。"

二水的心里一阵翻江倒海。

队长又说："队里的账上现在没钱。不过，你放心，等秋后有了提留，我连工带料一块儿算给你。"

还能说啥呢？修桥吧。二水那一车木料，一根不剩地码在桥头上。

二水忙，家在桥头边的米粒也不闲着，一会儿给二水送吃的，一会儿送喝的，有时还帮二水递递工具，递递木料……修桥的那些日子，也是二水最快乐的日子。

第一场雪花飘下来的时候，二水终于给自己打了一套漂亮的家具。二水满意，娘的脸上也露出了笑容。

家具还没上漆，下马村的四仓找上门来。原来，四仓的儿子大壮要去当兵，走之前想和对象把婚结了。对象没别的要求，就要一套二水打的家具……

二水掐指一算，这离大壮走的时间不足半个月，他就是有三头六臂也做不出一套家具来。

咋办？

二水沉吟半天说："大壮对象要是看得上眼，就把我这套家具拉走吧。"

四仓求之不得，他要的就是二水这句话。当天下午，四仓就赶着马车来拉家具。二水担心路上有个磕磕碰碰，就亲自把家具护送过去。

卸完家具，二水要走，四仓说什么也不让。饭桌上，二水一眼看到了在厨房里忙碌着的米粒。二水走过去说："米粒，你咋在这里？"

米粒说："四仓是俺舅，俺来舅家的。"

二水悄悄朝对面的新房一指说："看到那套家具了吧？"

米粒点点头，说："好看又结实。"

二水说："本来是打给你的……"

米粒红了脸，低了头，两手绞着粗黑的辫子说："是俺让舅找你的。俺知道，这个忙你会帮的……"

二水歪着头说："那我要是不帮呢？"

米粒说："那你就不是二水了……"

几天后，四仓又一次来到二水家。他这次来，是给外甥女米粒保媒的……

鼠　　夹

儿子当了乡长。赴任的前一天，儿子特意回了趟乡下老家。

晚饭后，娘翻箱倒柜找出一只鼠夹，要儿子帮她支在墙角。儿子说："屋里有老鼠，放点老鼠药就好，费这劲干啥？"娘说："还是鼠夹好，干净，利索。"

娘的话，儿子不敢不听。儿子小心翼翼地打开鼠夹，调灵敏了，搁在墙角隐蔽的地方，还把娘用莜面和香油做好的诱饵放在鼠夹上。

半夜时分，"叭"的一声响，惊醒了娘和儿子。娘拉开灯，边下地边说："打到了，打到了。"儿子也紧跟着下了地。

娘俩同时看到，鼠夹上，骇然夹着只肥硕的老鼠。

儿子笑笑说："真是只傻鼠哈。"

娘呵呵一笑，说："是只傻鼠呢。为一点吃食，搭了一条命，贪必杀！"

儿子一愣。

娘又说："可有的人，怕还不如这只老鼠呢……"

儿子一惊。

第二天，到乡政府任职的儿子，别的什么也没带，只偷偷带来了娘的那只鼠夹。

算　土　方

"咣当"一声，我家的院门被踹开，东倒西歪了好一阵才站稳。爹怒气冲冲地跨进院，抬腿一脚，把迎接他的大黑狗踹回狗窝。谁惹爹生这么大的气啊？

娘正在屋里擀面条，隔着窗玻璃，把爹的一举一动看得真真切切。娘放下手里的擀面杖，打开屋门，对着走过来的爹说，你不是在后河滩挖土方吗？咋的，挖出炸弹了？

爹黑着脸，鼻子里重重一哼，侧身从娘的身边进了屋，一屁股坐在炕沿上。爹抓起旱烟袋，装烟点火，狠狠地抽了几口说，我明明挖了五方的土，和宽成的一样多。可那狗日的工头偏说是四方。少给我算了一方的土，那可是二十块钱哩！

娘急了，挖多少方的土，你不能和他量，和他算吗？

算个屁！他要是知道我会算，压根儿就不会这样。他这是明摆着欺负咱睁眼瞎呢！

这个天杀的工头！娘阴沉着脸，不经意间盯上了我。我正在编蝈蝈笼呢，再有几道工序，就大功告成了，突然间被娘这么一盯，我的心里就直发怵。娘啊，你该不会打我的主意吧？果然，娘冲我开了口，口气不容推辞，小宝，快陪你爹去一趟后河滩，把工头少算的那一方土给算回来。咱可不能吃这个哑巴亏！

我不敢正视娘，嗫嚅着说，娘，我……我哪会算土方啊？

娘气不打一处来，手里的擀面杖“砰砰”地敲打着面板说，啥？你都五年级了，立马就该上初中了，连个土方都算不来？你把书都念到狗肚里去了吗？哎哟，真是一摊稀泥巴，糊不上墙头！

爹把旱烟锅在鞋底上重重一磕，站起身对娘说，快别难为他了。你忘了吗，上回考试，他数学才考了四十分，能算出土方来，那就神了。这样吧，我还是去找找明明吧。说完，爹急急地出了屋。

娘咬牙切齿地瞪着我，手里的擀面杖差点儿抡到我身上。

爹说的明明是我同学，家在村东头。明明肯用功，回回考试，语文数学都能拿满分，为此，我们的班主任苏老师可没少表扬过他呢。算个土方，对明明来说，那还不是小菜一碟？爹去找明明，算是找对了人。

娘的面条还没下进锅里，爹就回来了。看爹脚步腾腾的样子，我什么都明白了。娘笑眉笑眼从爹手里接过那二十块钱，说，是明明给算回来的吧？爹点点头，意味深长地瞥了我一眼。

我那个臊啊，恨不得一头钻进我家炕洞里。我能想象出来，当时明明的那种神气样儿，有多少人围着他，又有多少双眼睛羡慕地望着他。本来，这是我们家的事，那个算土方的人应该是我，而不是明明……我抓起就要编好的蝈蝈笼，在爹娘的注视下扔到地上，两只脚不停地踩。

几年后，我和明明一同考上了大学，成为村里的第一代大学生。我能有今天，应该感谢明明，是那次算土方改写了我的人生。接到录取通知书那天，我和明明说起他当年帮爹算土方的事，明明一脸茫然地说，没有吧？哪有这回事啊？回家问爹，爹略一沉吟，吐个大大的烟圈说，这事啊，你得去问你们原来的班主任苏老师，是她教我这么做的！

我找出当年的毕业合影，拂去上面的灰尘，望着端坐在我们中间的苏老师，我的眼泪忍不住飞落下来……

你是县长

你有看报的习惯。

从省里开会回来，头一天上班，你就翻看过期的县报。当你看到三天前的那张县报时，你被上面的一则消息吸引住了。你反反复复地看了三次，表情就变得凝重起来。那则消息上的电话号码，你看着眼熟，却又一时想不起来。

难道是他？

对着号码打过去，果然是他——你的属下，旮旯乡的乡长。

你的孩子病了？你问。

乡长说，不是。是我们乡的一个小女孩。八岁，心脏病，急需手术……

孩子的爹娘呢？

爹死了，娘嫁了，只有一个瞎眼的奶奶。

你知道，旮旯乡是个穷乡。当初，乡长就是你亲自下派的。你看中的，正是他的亲民爱民……

款筹得咋样了？

乡里凑了两万，加上社会的捐赠，还差一万……

你该跟我说一声嘛。

知道您在省里开会，忙。

要难大家难。这样吧，差下的一万由我想办法。

话筒里，传来乡长的哽咽声。

你的眼角也有泪水涌出。

——你是县长。

王九的生意

王九心血来潮，放着好好的班不想上，偏偏搞了个家政服务中心。所谓的家政服务，也就是买了辆电动三轮车，给人搬个家、拉点货而已。

王九懂得广告的重要性，就印了二十几张小广告，贴到各个小区的大门口。

这天，王九贴完最后一张小广告回到家，刚要吃饭，就有电话打了过来。哈哈，生意上门啦……王九好不欢喜。

打电话的是个男人。男人说："你是王九吗？我这里有个活儿，请你过来。"

王九说："你在哪？"那人说："北苑小区门口。如果方便的话，你立马就过来，我在门口等你。"王九大声地说："好。"

挂了电话，王九要走。媳妇端来饭菜说："啥活儿不能等吃了饭再去？"王九摆摆手说："顾客就是上帝。这可是我的头一单生意哩，耽误不得！"

王九出了门，跨上电动车，一溜烟朝北苑小区蹿去。

很快，王九就来到北苑小区。停下车，王九朝四周看看，没人。王九正疑惑着，就见保安室的门开了，一个五大三粗的保安踱过来。王九笑眯眯地说："哥们，刚才是你给我打的电话吧？说吧，啥活儿？"

保安突然沉下脸，用手一指门口的小广告说："把你的破广告揭下来！"

王九一下子怔在那里。

保安又说："不知道小区门口不让乱贴小广告吗？刚才被我们队长看见了，把我好一顿熊……告诉你，今天你要是不把小广告给我揭干净了，甭想离开这里！"

王九灰了脸，乖乖去揭他的小广告。

王九的广告黏得牢，不好揭。王九就用指甲一点一点地抠。刚抠了半拉角儿，口袋里的手机又响了起来，王九赶忙去接。

打电话的是个男人。男人说："你是王九吗？我这里有个活儿，请你过来……"

不定又是哪个小区的保安吧？王九的脑门上冒出汗来，哑巴似的不敢开口……

倭　　瓜

那是个礼拜天，我去山上放牛。

牛儿在山坡上吃草，我爬树去掏鸟窝。

刚爬上一棵树，透过浓绿的枝叶，我看见一个人正从对面的山崖边往上爬。山崖陡峭，那人爬得灰头土脸，呼呼喘气。

等那人爬上来，我才看清，他叫富贵，是个老地主。在我的记忆里，村里不论开啥会，挨批挨斗的总是他。有时，他也会拖把长长的扫帚扫大街，从村头扫到村尾……老地主来这里干什么？该不是搞啥破坏活动吧……这么想着，我不掏鸟窝了，“哧溜”下了树，几步奔到山崖边。原来，崖底垦出一块地，还种了倭瓜。倭瓜已经拳头般大小，躲躲闪闪地藏在宽大的叶子下面……

我的顽劣是出了名的。面对崖底那十几窝倭瓜，我狠狠地啐了口唾沫：“老地主还想吃倭瓜？我呸！”

我下了崖底，连扯带踹，老地主的倭瓜就遭了秧……

几天后的一个下午，我放学回家，刚进村头，迎面碰上了三歪嘴。

三歪嘴是富贵的孙子，大我一岁，可他因为成分不好，早不能念书了。三歪嘴看我半天，突然冲着我鞠个躬说：“大牙兄弟，谢谢你……谢谢你救了我爷爷……”

“有没有搞错啊？”我的眼睛瞪得像倭瓜，“我救那个老地主……我救他？”

“对呀。”三歪嘴说，“我爷爷不是在山里偷偷垦了块地，还种了十几窝倭瓜吗？这事让你三叔杨红旗知道了，昨天下午，他带着人去山里取罪证……多亏了你啊，不仅摘了瓜，连瓜藤也扯了个一干二净……”

戏匣子

吃罢晌午饭，齐奶奶就忙活开了，调馅和面，她要给孙子包饺子吃。

今天是礼拜五，在城里念高中的孙子要回来。孙子爱吃韭菜鸡蛋馅的饺子，百吃不厌。所以，孙子每次从城里回来，齐奶奶就给他包这种饺子吃。

提起孙子，齐奶奶就自豪得不行。孙子打小懂事，脑瓜子灵活，去年中考，考了个全乡第一。用过去的话说，那可是状元哩，惹得四乡八邻羡慕了好一阵子。

齐奶奶瘪着嘴，有意激将孙子：“考一回状元不算啥，三年后再给奶奶考个状元回来，那才叫有本事哩。”

孙子也不孬，回齐奶奶道：“奶奶，你可别小瞧你孙子，这可是没准儿的事……”

屋外，日头一步步地向西边走。西墙投在东墙上的光影越来越高，眨眼，都攀过墙头了。

齐奶奶包好了饺子。一个个饺子,像一只只小白鹅卧在笼屉里,玲珑可爱。齐奶奶下了地,点燃灶火,给锅里添上水,然后走到柜子前,习惯性地捧起那个戏匣子。

可惜,戏匣子罢了工。

戏匣子是在省城打工的儿子给买来的。齐奶奶一辈子没啥爱好,就爱听戏,晋剧、北路梆子、要孩儿,她都爱听。可是,听了一段时间后,戏匣子就有了刺啦刺啦的杂音。慢慢地,杂音越来越大。到后来,刺刺啦啦的声音都盖过演员的唱腔了。

齐奶奶就捧着戏匣子,去找村头的二满。二满修家电,却修不了齐奶奶的戏匣子。二满鼓捣了老半天,憋出一脑门子的汗,可刺啦声依旧。二满把戏匣子往齐奶奶面前一推说:"扔了吧,买个新的。"

买个新的不要钱?齐奶奶剜一眼二满,捧起戏匣子出了门。齐奶奶早就打听过了,一个戏匣子,差点的也要三十多块钱呢,够孙子几天的伙食费,齐奶奶可舍不得……

锅里的水已经开了,咕嘟咕嘟地冒着热气。齐奶奶想,该把饺子下锅了。

这时,院门"吱扭"一声开了,孙子背着书包跑进来。

"奶奶,我饿啦!"这是孙子每次回来喊的第一句话。

齐奶奶手脚麻利地往锅里下饺子,等她直起腰时,孙子已连蹦带跳地进了屋。

"呀,又是饺子,真香!"孙子凑到锅边,很夸张地抽抽鼻子。

让齐奶奶惊讶的是,孙子的手里,还捧着个新崭崭的戏匣子。

"你买的?"齐奶奶打个愣怔。

孙子点头:"给奶奶买的……你那个戏匣子不是罢工了吗?"

"哪来的钱呀?"

孙子一笑,露出俩虎牙。孙子说:"奶奶你忘了?上个礼拜我不是没回来吗?我跟同学站了一天的超市,挣了四十块,刚好买个戏匣子……"

"奶奶的傻孙子哟……"齐奶奶别过身,对着锅里的热气悄悄地抹了把脸。

孙子"叭"地摁开戏匣子。霎时,晋剧那激越的唱腔在屋子里四处荡漾。

是丁果鲜的《空城计》——

我正在城楼观山景,

耳听得城外乱纷纷……

借　钱

我和妻子在街角开了家快餐店,生意还不错。

这天中午,送走最后一位客人,我和妻子正在收拾餐桌,门帘一掀,从外面走进来一个人。

来人叫四宝,我乡下的邻居,也是我儿时的伙伴。我说:"哟,四宝,那股风把你吹来啦?"

四宝抹把头上的汗说:"三哥,我是无事不登三宝殿啊。"

"啥事?你说。"

四宝说:"我在村里办了个养鸭场,今天进城来进种鸭,可带的钱不够,想找三哥三嫂借一千块……"

我看看一旁的妻子,妻子正冲我翻白眼呢。我明白她的意思,叹口气说:"按说一千块也不是个大数目,可哥盘这家快餐店时还欠了人家一万块钱的高利贷。这不,人家前天还登门要账呢……"

四宝说:"这样啊,那我再想想别的办法。"

送走四宝,妻子撇着嘴对我说:"你的穷亲戚、穷弟兄咋那么多?算你聪明,没把钱借给他。不然,我跟你没完!"

半年后的一天,是个下雪的日子,四宝披着一身雪花,再次走进我的快餐店。

我说:"这天气进城来,兄弟有啥要紧的事吗?"

四宝说:"上次听哥说,你们欠了人家一万块的高利贷,还上没有啊?"

我一愣,他问这话啥意思?又要找我借钱?我看看一旁的妻子,她正冲我翻着白眼。不行,我得把道儿给他截了。想到这里,我长叹一声说:"拿啥还人家?不知道钱难挣吗?哥这个小店,也就够个日常开销。唉,愁死人了……"

四宝从棉衣口袋里掏出一沓钱,"啪"地拍在我面前说:"这是一万块,先把欠人家的高利贷还上……"

我愣愣地看着四宝:"哪来的钱?"

四宝来回搓着冻红的两只手说:"刚刚卖了一批鸭,心里惦记着哥的事,就搭拉鸭的车给你送来了……"

我的脸顿时火辣辣的,像被人抽了一巴掌。我偷眼看妻子,她也是一脸的愧疚……

瞎 娘

娘眼瞎。

瞎娘病了，病得不轻。村里人都说，瞎娘怕是熬不过这个冬天了。

瞎娘早年丧夫，是她磕磕绊绊地把儿子们拉扯成人的。村里人说起瞎娘，大人小孩没有不跷大拇指的……

瞎娘有三个儿子。大宝和二宝在家种地，只有三宝跳出农门，当了一名煤矿工人。煤矿常出事，瞎娘最放心不下的就是三宝了。

这天，窗外飘着雪花，天干冷干冷的。瞎娘从昏睡中醒来，两只枯瘦的手不住地在空中乱抓。守在病床边的大宝和二宝忙握住瞎娘的手说："娘，你找啥？"

瞎娘喘息着说："三宝，三宝……娘的三宝啊……"

大宝和二宝的心"咯噔"了一下。哥俩你看看我，我看看你，慌了神。

好半天，大宝开口了。大宝说："二宝，你抽空去趟矿上吧，让三宝回家看看娘。"

二宝说："我给三宝已经打过电话了，可三宝说矿上任务紧，不准请假。"

大宝又说："你去矿上给三宝顶个班，这样三宝就能回家了。”

“好，我听哥的。”二宝边往外走边说，“我这就去。”

第二天，三宝果然从矿上回了家。一进门，三宝就扑到瞎娘的病床前大声说：“娘，我是三宝，我回家看你来了！”

瞎娘挣扎着往起爬，爬了几次也没爬起来，大宝和三宝忙把瞎娘扶靠在被子上。瞎娘抓起三宝的右手，宝贝似的抚摸着，从手心摸到手背，再从手背摸到每一根手指头。摸完了，瞎娘松开手，眼里突然淌出浑浊的老泪说：“你不是三宝，你是二宝……”

三宝大声地嚷：“娘，你糊涂了吧？我就是三宝啊……”

瞎娘艰难地摇摇头说：“娘不糊涂。娘眼瞎，心不瞎。你跟三宝是双胞胎，可三宝的右手，中指是软指甲，你不是。告诉娘，三宝他……是不是早就出事了？”

孝顺儿子

这天，是个细雨纷飞的日子。

老大、老二和老三终于见面了。哥仨商量着给乡下爹妈买点啥。

老大边开车边说：“爹妈辛苦了一辈子，没享过一天福。住的是漏天的茅草屋，夏天热死人，冬天冻死人。我给爹妈买套房，楼房住着不方便，就买那种青砖红瓦的四合小院儿。”

老二不甘落后，大手一挥说：“爹妈辛苦了一辈子，没享过一天福。出门坐车,除了驴车,就是牛车,顶多坐回通往镇上的破大巴。我给爹妈买辆车,贱的咱不要,买好的,再配个专职司机。”

老三也不含糊,大嘴一咧说:“爹妈辛苦了一辈子,没享过一天福。这下好了,有房子,有车子,都赶上小康生活水平了。我就给爹妈送张银行卡,卡里的钱多得花不完,想咋花就咋花……”

……

到地方了。

老大把车“嘎”地停在马路牙子边。

哥仨下了车,前脚踩后脚地涌进一家纸扎店……

一 头 牛

瓦四牵着一头牛刚出村口,迎面踫上了从乡里开会回来的村主任。

村主任说:“瓦四,干啥去?”

瓦四说:“这头牛老了,不中用了,拉不动犁,也拉不动车,每天除了糟蹋草就是糟蹋料。我牵它卖给镇上的胡屠夫,好歹还能卖个菜牛钱哩……”

村主任围着牛绕一圈。村主任说:“卖牛这么大的事,你跟谁商量过没有?”

瓦四说:“牛是我的,我跟谁商量?”

村主任说:“牛是你的不假,可这头牛是咋来的,瓦四你不是不知道吧?”

“知道,知道。”瓦四说,“是黄县长六年前送给我的……”

村主任说:“自从送给你这头牛后,六年了,黄县长每年都要来咱村一趟。看看牛,然后和牛合个影;再然后呢,上电视,上报纸。今天,你要是把牛卖了,那黄县长还会来咱村?咱村的路还能指望修起来?”

瓦四说:“村主任,咋又扯到修路上了呢?”

村主任说:“黄县长每次来咱村,坐的都是县里的车。咱村的路又破又烂,坑坑洼洼,颠得黄县长屁股疼。所以,黄县长每次下车后,都要跟我说,要给咱村修条路……”

瓦四说:“村主任,我养的不是一头牛,是一条路哩。”

村主任说:“瓦四你真逗。回去好好养你的牛吧,可不敢慢待了这头牛。要是牛掉了膘,倒了毛,我拿你是问!”

瓦四不敢卖牛了。瓦四牵着牛回了村。

花开花落又一年。

这天,还是因为牛的事,瓦四找到了村主任。瓦四说:“村主任,那头牛不吃草,不吃料,跟草料有仇似的,看着就躲,我是没辙了。”

村主任说:“咋?它要死?”

瓦四说:“法子都使尽了,就差喂人奶了……”

瓦四的最后这句话,点亮村主任心里一盏灯。村主任说:“人奶倒不必。不过,瓦四你每年不是种几亩坡地谷子吗?收的小米也不少吧?”

瓦四说:“不少不少。”

村主任说:“那你每天熬一大盆小米稀粥,咋样?”

瓦四说:“熬粥干啥?”

村主任说:“灌牛呗。牛不是不吃草、不吃料吗?你每天灌它一大盆小米稀粥,它就是想死,怕也死不成……”

瓦四茅塞顿开,赶紧回家熬粥去了。

瓦四的四袋小米刚刚熬完三袋,那头牛到底没扛住,在一个黑漆漆的夜晚死了。

瓦四来到村主任家。瓦四说:“村主任,我没喂好牛……”

村主任说:“咋?死了?”

瓦四说:“死了。”

瓦四知道,接下来,村主任肯定会大发雷霆,破口大骂,甚至,会踹他一脚或者两脚,可是没有。村主任说:“死就死了吧。”

瓦四说:“那……咱村的路?”

村主任说:“还修个屁!黄县长都调到外地当县委书记去了。”

瓦四就来来回回地搓着两只手。

村主任说:“瓦四啊,那头牛估摸着也没啥肉,回去熬锅骨头汤喝吧。”

瓦四嘿嘿地笑,笑出两眼的泪……

深　秋

收回禾场里的五谷杂粮,季节就翻到深秋那一页了。

是个晴朗的日子。我娘对我爹说:“你去趟耿庄吧,把换瓜的粮食收回来。”

我爹手搭凉棚看天，天高云淡，一轮秋阳高悬在头顶。我爹边往停在院门口的三轮车走边对我娘说：“你回屋把那个蓝皮本本找出来，我去收粮。”

我娘嗯一声，扭身进了屋。

我们村有片沙滩地，适宜种瓜，种出的西瓜又甜又沙。我爹脑子活，每年西瓜成熟后，他就倒腾几车西瓜到耿庄去卖。耿庄和我们村仅隔着一条河，产粮不产瓜，村里人就特别稀罕我们村的西瓜。我爹卖瓜不收现钱，赊着，记在他的蓝皮本本上，等秋后粮食归了仓，他挨家挨户地去收粮……

我娘进屋老半天不出来，等得我爹有些心急。我爹便扯着嗓门说：“一个蓝皮本本，就把你压倒啦？”

屋门一开，我娘摊着两手说：“我明明记得就放在衣柜下面的抽屉里，咋不见了呢？”

我爹一怔：“啥？不见了？”

我娘说：“对，不见了。”

“对你个头，咋就不见了呢？”我爹黑了脸，风一样刮进屋里。

找来找去，直把屋里的旮旯犄角找了个遍，也没找到我爹说的那个蓝皮本本。我娘搓着手说：“明明就放在那里，它能自个跑了？大瓮里面还能走了鳖？”

“找不到那个本本，还收个屁的粮！”我爹喷着唾沫星子，手指头雨点般敲着炕沿说，“那可是一千多斤粮食哩……”

我娘没了辙，两手掐着脑袋在屋里转圈圈儿。

这时，我爷爷拄着拐棍进了屋。问明情况后，我爷爷手里的拐棍一戳地说：“去吧。该收粮，收你的粮去。”

我爹苦笑了:“爹你糊涂了吧? 没有账本,咋收粮?”

我爷爷如此这般一说,我爹的心里还是不踏实。

“这,行吗?”我爹挠着头说。

我爷爷生气了,撅着胡子要走,临出门时撂一句:“亏你和耿庄人打了这么多年的交道哩……”

那天,我爹最终还是去了耿庄。

我爹开着三轮车进村的时候,村头的那棵老槐树下,正聚着一帮闲扯的人。看见我爹把三轮车停在槐树下,众人便知道我爹是来收粮的。

工夫不大,就有人背着粮食过来。

背粮的人问:“我家多少粮?”

我爹一愣,突然想起什么,赶忙说:“老规矩,二斤瓜兑一斤粮。你家赊了多少斤瓜,你报个数……”

那人问:“账本呢? 你没带账本?”

“走得急,忘了带。呵呵,多少斤瓜,你说了算。”

那人笑:“收粮忘账本,搬家丢婆娘……你这人,有意思。”

我爹也笑:“打交道不是一年两年了,我信得过你……”

于是,那人报个瓜数,我爹折半去称粮。多了,挖出去;少了,再添上。称好了,哗啦,倒进我爹抻开的蛇皮口袋里。

又有人背着粮食过来……

于是,我爹和人家又重复着以上的对话——

“我家多少粮?”

“老规矩,二斤瓜兑一斤粮。你家赊了多少斤瓜,你报个数……”

“账本呢? 你没带账本?”

“走得急，忘了带。呵呵，多少斤瓜，你说了算。”

“收粮忘账本，搬家丢婆娘……你这人，有意思。”

“打交道不是一年两年了，我信得过你……”

……

家家都如此。

日头蹲在西山顶上时，我爹收完了最后一户人家的粮食。望着车斗子上满满当当的十个蛇皮口袋，我爹心里惊呼，啊呀呀，这可是一千多斤粮食哩！

我爹想起我爷爷的话，耿庄人就是耿直，该你的，不赖账……

有人路过，笑着跟我爹打招呼：“粮食都收齐了？”

我爹脸上的笑容比晚霞还灿烂：“收齐了收齐了。”

那人又说：“来年，还来换瓜不？”

我爹抹把脸上的汗说：“哪儿不去都行，你们耿庄，不来不行……”

这个点，正是吃晚饭的时候，空气中飘来一阵阵饭香味儿。那人说：“吃了饭再回吧。”

我爹一步跨上三轮车：“不了不了，老婆孩子还在屋里等着呐……”

我爹发动了三轮车。

突突突，三轮车撒着欢儿奔跑在夕阳里……

挑　水

爹在我家院里打了一口井，井水很甜，很凉。爹还请村里的木匠在井口装了个辘轳。从此，爹就再也不用到离村一里地的老龙潭去挑水了。

我家西院，住着银环。银环是个寡妇，带着个六岁的黄毛丫头过日子，孤儿寡母的挺不容易。别的不说，光冬天挑水就让她吃尽了苦头。爹思来想去，终于在一个清亮的早晨，把我家西院墙扒个豁口，让银环也上我家院里来挑水。

自从有了这个豁口，银环挑水方便多了，不用走院门，跨过豁口就来到水井边。扁担颤颤悠悠，水桶晃晃悠悠。挑着水的银环，脚步轻轻快快，细腰扭扭搭搭，好看极了。

有时，银环来挑水，赶巧爹在家，爹一准会丢下手头的活计，跑过去搭把手，甚至不顾银环的阻拦，夺过扁担，挑起水桶就跨过了豁口。

屋里的娘看见了，那张脸拉得比爹扒的豁口还难看。

秋去冬来，爹进城去开三干会。

爹是村里的支书，每年的这个时候，他都要进城去开会，一走好几天。

爹走的那天晚上，漫天大雪下了整整一夜。村里村外，白茫茫的一片。

山里的狐狸找不到东西吃，那晚就蹿进村子里，叼走我家一只老母鸡。

娘心疼得直掉泪。咒过几遍狐狸后，娘的脸上突然露出了笑容。娘老早就想堵上那个豁口了，只是找不到借口，狐狸的作恶成全了娘，给她堵上豁口提供了最好的理由。于是，娘不顾天寒地冻，和泥搬坯，不消半日，就把那个豁口给堵上了。

娘拍拍身上的泥巴，揉揉冻红的手，对着那个歪歪扭扭的豁口说："害人的东西，有本事你再过来……"

那晚，娘睡得很香，甚至打起轻微的呼噜声。

几天后，爹开完会回来。

走进院门，爹第一眼看到的，是被娘堵上的那个豁口。

进了屋，不等爹开口，娘说："都怪你，好端端的院墙，扒个豁口，让狐狸钻进来，叼走咱家那只老母鸡，害得我堵了老半天……"

爹呵呵一笑："你呀，不是堵狐狸，是堵隔壁的银环吧，对不对？"

娘的脸一红，又一白。娘剜爹一眼："瞎说！"

"就你那小心眼儿，能瞒得过我？"爹操起炕头上的旱烟袋，"不过，你堵得也好，省得我再动手了。"

娘一脸疑惑："这话咋讲？"

爹划根火柴，点着旱烟，吧嗒几口说："这次三干会上，我认识了上马村的乔支书。乔支书和我同岁，几年前死了老婆，想再找一个没合适的，我就给他介绍了银环。没想到，乔支书跟银环还是小学同学哩……乔支书答应明天就来见银环。依我看，这门亲事，十有八九准能成……你说，那个豁口，你不是堵对了吗？"

娘低着头，不吱声。

半天，娘赔着小心说："要不，我把那个豁口再扒开？"

爹吐个旱烟圈儿："拉倒吧。"

娘想了想，脸上突然有了笑模样。"我去挑担水。"娘说着，麻利地出了门。

爹愣愣地瞅着娘——

娘来到水井边，两手把着辘轳，吱吱扭扭摇满两桶水……

娘操起扁担，挑起水桶，一路碎步出了我家的院门……

屋里的爹，嘿嘿地笑出了声。